Joseph Herz

De Saint Alexis

Antigonos

Joseph Herz

De Saint Alexis

Réimpression inchangée de l'édition originale de 1879.

1ère édition 2024 | ISBN: 978-3-38812-545-9

Antigonos Verlag est une marque de Outlook Verlagsgesellschaft mbH.

Verlag (Éditeur): Outlook Verlag GmbH, Zeilweg 44, 60439 Frankfurt, Deutschland, info@outlook-verlag.de
Vertretungsberechtigt (Représentant autorisé): E. Roepke, Zeilweg 44, 60439 Frankfurt, Deutschland
Druck (Imprimerie): Libri Plureos GmbH, Friedensallee 273, 22763 Hamburg, Deutschland

DE SAINT ALEXIS.

Eine altfranzösische Alexiuslegende
aus dem 13. Jahrhundert.

Herausgegeben

von

JOSEPH HERZ.

Frankfurt am Main.

Druck von Jacob Wohlfarth.

1879.

EINLEITUNG.

Vor fast zehn Jahren copirte ich in Paris auf Anregung meines hochverehrten Lehrers, des Herrn Professors Gaston Paris, eine altfranzösische Alexiuslegende. Mit Benutzung einer Oxforder Handschrift, welche mein Freund Herr Arsène Darmesteter für mich abzuschreiben die Güte gehabt hatte, wurde unter Leitung des Herrn Professors Paris der Pariser Text so bearbeitet, dass jede sprachliche und orthographische Form desselben unangetastet blieb; eine einheitliche Schreibung durchzuführen, hatte ich somit nicht versucht. Die Arbeit ward im October 1869 vollendet und sollte in der Bibliothèque de l'École des Hautes Études veröffentlicht werden; vgl. G. Paris, la Vie de saint Alexis, S. VI. — Ein zweiter Band über die altfranzösischen Alexiuslegenden ist jedoch nicht erschienen; ich habe daher im verflossenen Jahre die ganze Arbeit auf Grund der beiden Handschriften neu ausgeführt. Zur Richtschnur dienten mir jetzt vorzugsweise: Toblers Ausgabe des DIS DOU VRAI ANIEL (Leipzig, 1871) und die bereits genannte, von Gaston Paris und Léopold Pannier (Paris, 1872) herausgegebene VIE DE SAINT ALEXIS.

Den Pariser Codex 2162 (früher 7986), welcher unser Denkmal enthält, hat Conrad Hofmann in seiner Ausgabe des Alexis (München, 1868), S. 6, Anm. 2, kurz beschrieben. Ueber die Oxforder Handschrift, Canonici Misc. 74, erstattet einen ausführlichen Bericht Paul Meyer, 3e rapport sur une mission en Angleterre (Archives des Missions, 2e partie, Ve année). Ich bezeichne den Pariser Text mit P, den Oxforder mit O.

Das Wichtigste über die grosse Verbreitung der Legende vom heiligen Alexius im Mittelalter findet man in der geschichtlichen Einleitung Massmanns zu seiner Ausgabe von „Sanct Alexius Leben in acht gereimten mittelhochdeutschen Behandlungen (Quedlinburg und Leipzig, 1843)". Eine Ergänzung der Abhandlung Massmanns bilden die Vorberichte zu den verschiedenen altfranzösischen Redactionen in der Ausgabe des Alexiusliedes von Gaston Paris; sodann vergleiche man noch die Einleitung Schippers zu den von ihm (Strassburg, 1877) edirten englischen Alexiuslegenden aus dem XIV. und XV. Jahrhundert. — Die Quelle unseres Denkmals, eine lateinische Prosalegende (die Vita S. Alexii in den Actis Sanctorum Bolland. Jul. IV, 251—253), ist in Massmanns „Sanct Alexius Leben" S. 167—171 abgedruckt.

Wie verhält sich nun unser altfranzösisches Gedicht zu seiner lateinischen Quelle? Laisse I und II sind dem Dichter zuzusprechen. Die Vorbilder zu einem solchen Eingange lieferten ihm die Chansons de Geste in Hülle und Fülle: Er wendet sich an seine Zuhörer und schildert ihnen in wenigen Zeilen das nur auf Gott gerichtete Leben seines Helden. — Der folgende Theil des Gedichtes schliesst sich ganz enge an die Legende an;*) die Schlusszeilen,

---

*) Laisse III (v. 26—90) ist eine Ausführung der ersten 19 Zeilen der Vita „nach dem Abdruck bei Massmann" (auf den ich der Kürze wegen unter Angabe der Seite und der betreffenden Zeilen verweise). — Laisse IV, V und VI (v. 90—165) entsprechen fast 9 Zeilen der Vita (S. 167, Z. 19—27). — Laisse VII, VIII, IX und X (v. 165—312) haben zu ihrer Grundlage 7 Zeilen (S. 167, Z. 27 bis S. 168, Z. 4). — Laisse XI—XIV (v. 312—367) entsprechen 9 Zeilen der Vita (S. 168, Z. 4—13). — Laisse XIV—XXI (v. 367—489) umfassen kaum 17 Zeilen der Quelle (S. 168, Z. 13—30). — Laisse XXI—XXIV (v. 489—541) entsprechen 9 Zeilen (S. 168, Z. 30—39). — Laisse XXIV—XXVII (v. 541—592) sind die Ausführung von

v. 1225—1232 sind im Lateinischen nur ganz kurz angedeutet; die Verse 1232—1254, welche in O fehlen, hat vielleicht der Schreiber von P hinzugefügt. — Ich lasse jetzt einige Stellen der lateinischen Legende folgen, welche zunächst zeigen sollen, wie der unbekannte Dichter seinen Stoff zu gestalten suchte; gleichzeitig werde ich aber auch Veranlassung haben, auf die Handschriften P und O näher einzugehen. Die Worte:

> Vespere autem facto dixit Euphemianus filio suo: „Intra, fili, in cubiculum et visita sponsam tuam." Ut autem intravit, coepit nobilissimus iuvenis et in Christo sapientissimus instruere sponsam suam et plura ei sacramenta discere; deinde tradidit ei annulum suum aureum et rendam i. e. caput baltei quo cingebatur, involuta in brandeo et purpureo sudario dixitque ei: „Suscipe haec et conserva usque dum domino placuerit, et dominus sit inter nos."

bilden die Grundlage zu den Versen 165—312. In O stehen für 223—256, resp. für 223—312 nur 5 Verse. Liegt hier in P eine Interpolation vor? Was die Verse 223—256 betrifft, welche etwa die zweite Hälfte von Laisse VIII bilden, so werden dieselben theilweise für echt zu halten sein; denn dass an dieser Stelle O, dessen 5 Zeilen gehörigen Orts angeführt sind, ganz verderbt sei, liegt auf der Hand. Anders verhält es sich aber mit Laisse IX und X (v. 256—312), die ganz in O fehlen. Wie sind die Verse 293—297 mit Rücksicht auf das schon in den Versen 219—225 Gesagte zu erklären? Eine solche Wiederholung einer bereits genau erörterten Thatsache ist doch gar zu anstössig. Schon eher wären die Verse 287—292 für echt zu erklären; sie stimmen dem Sinne nach zwar ganz mit 206—213 überein, bilden aber in Laisse X einen Theil der Anrede des Alexius an seine Gattin, während sie in Laisse VIII nur dazu dienen, die Seelenunruhe des Alexius zu schildern. Dass hinsichtlich der Verse 293—297 nicht von epischen Wiederholungen in dem Sinne die Rede sein kann, wie sie schon in dem alten strophischen Alexiusliede vorkommen, scheint mir klar zu sein. So vermag ich denn nicht, Laisse IX und X unbedingt für echt zu halten; missbilligen wird man es aber hoffentlich nicht, dass die betreffenden Verse in den Text aufgenommen worden sind. Man kann nun in zwiefacher Weise eine Auscheidung des Unechten vornehmen: Entweder erklärt man ausser v. 255 alle Verse von 250—312 für interpolirt und ersetzt dieselben durch die beiden, Seite 4 am Fusse des Textes angegebenen Zeilen, oder es werden nur die in Klammern gesetzten Verse 293—303 ausgeschieden.

Die folgenden Worte:

> „Cum autem completum sibi tempus vitae suae cognovisset, postulavit a deputato sibi ministro tomum chartae et calamarem et scripsit per ordinem omnem vitam suam, qualiter respuerit nuptias et qualiter conversatus fuerit in peregrinatione qualiterque contra voluntatem suam redierit Romam et in domo patris sui opprobria multa sustinuerit."

enthalten die Grundgedanken zu den 18 Zeilen der Laisse, XXXIII (v. 712—730). In P liegt hier eine kürzere Fassung vor; der Schreiber hat vielleicht aus Irrthum den zweiten Halbvers von 725, der ebenso anfängt wie der zweite Halbvers von 722, gleich dem ersten Halbverse von 722 folgen lassen, zu dem er ja auch metrisch genau stimmt. In den Versen 712—730 bleiben die Worte „contra voluntatem suam" und „(qualiter) in domo patris sui opprobria multa sustinuerit" ganz unberücksichtigt.

Die Verse 957—1113, welche der Eltern und Gattin Klagen über den Tod des Alexius enthalten, entsprechen etwa 28 Zeilen der lateinischen Legende (nach dem Abdrucke bei Massmann, vgl. das. S. 170, Z. 30 bis S. 171, Z. 12).

---

fast 6 Zeilen (S. 168, Z. 39 bis S. 169, Z. 3). — Laisse XXVII—XXXIII (v. 592—712) entsprechen 21 Zeilen der Vita (S. 169, Z. 3, letztes Wort, bis Zeile 24). — Laisse XXXIII (v. 712—730), das sind 18 Verse, haben zu ihrer Grundlage 6 Zeilen der Quelle (S. 169, Z. 24—30). — Laisse XXXIV—XXXVIII (v. 730—780) umfassen fast 11 Zeilen der lat. Legende (S. 169, Z. 30—40). — Laisse XXXVIII—XLIV (v. 780—919) entsprechen 31 Zeilen der Vita (S. 169 Z. 40 bis S. 170 Z. 24). — Laisse XLIV—XLIX (v. 619—992) umfassen 12 Zeilen (S. 170, Z. 24—37). — Laisse XLIX—LII (v. 992—1078) haben 17 Zeilen zu ihrer Grundlage (S. 170, Z. 37 bis S. 171, Z. 7). — Laisse LII—LV (v. 1078—1116) umfassen beinahe 6 Zeilen (S. 171, Z. 7—12 („Tunc"). — Laisse LV—LIX (v. 1116—1205) entsprechen 18 Zeilen der Vita (S. 171, Z. 12 „Tunc" —30). — Laisse LIX und ein Theil von LX (v. 1205—1232) haben die letzten 6 Zeilen der Vita zu ihrer Grundlage (S. 171, Z. 30—36). —

In Laisse XVIII und XIX sind die Worte der Vorlage: „similabo me turturi, quae omnino alteri non copulatur, dum eius socius captus fuerit" zwar nicht berücksichtigt worden, aber in den Versen 1104—1107 der Laisse LIV wird dieses Gleichniss verwerthet.

Die angeführten Stellen dürften beweisen, dass der franz. Dichter dem schlichten Faden, an dem die lat. Legende die Ereignisse abspinnt, nicht wie ein ängstlicher Uebersetzer folgt; wir werden ihm das Zeugniss geben müssen, dass er mit Geist und Genauigkeit verfahren ist, und dass er an vielen Stellen, besonders in den Zwiegesprächen der Gatten, in den Klagereden nach dem Tode des Alexius, seinen Stoff in freier Weise zu gestalten wusste.

Bei der Textconstitution liess sich in einigen Fällen auf Grund der lat. Legende feststellen, welcher Hs. zu folgen sei. So wurde der Vers 683 aufgenommen, weil die Worte „aqua qua discos lavabant" den Dichter veranlassten, von den „hanas" zu sprechen. In beiden Handschriften fehlen zuweilen Verse, welche für den Zusammenhang unentbehrlich sind; in solchen Fällen lieferte immer die eine Hs. eine Ergänzung der anderen. In P stehen z. B. nicht die Verse 54, 367, 692, 734, 766, 782, 841; in O fehlen u. a. 59, 110, 111, 148 344, 351, 814. — Laisse II ist an einer Stelle in beiden Handschriften verderbt; ich habe es deshalb nicht gewagt, auf Grund des „esnolie" in O. eine Form von ennolier (inoleare) in v. 17 in den Text zu setzen. — Hin und wieder scheint es, als ob der Schreiber von O sich gern Kürzungen erlaubt habe. Die ganze Laisse XIV, v. 368—377, ist in O nicht enthalten. Nun liegen aber die Worte der lat. Legende: „Post eius discessionem facta est Romae inquisitio magna" dem Verse 370 in Laisse XIV zu Grunde; sie werden jedoch in O gar nicht berücksichtigt, da Laisse XV nur schildert, wie die Diener des Eufemianus den Alexius vergeblich in der Fremde suchen. Verse, die zur Ausschmückung dienen, werden in O entweder, wie v. 949, ganz unterdrückt oder in kürzerer Fassung gegeben; so hat O für 952—956 nur e i n e Zeile.

---

*) Auf die Zusammenstellung eines ausreichenden kritischen Apparates bin ich bedacht gewesen; die Lesarten von O sind durchweg auch dann notirt worden, wenn sie eine andere Wortstellung als P enthalten, z. B. zu den Versen 153, 189, 202, 210, 893, 1203. — Die Seite 20—22 verzeichneten Varianten ermöglichen eine Nachprüfung der von mir vorgenommenen Aenderungen der handschriftlichen Lesarten.

Durchgreifender Natur waren die auf Grund der Reime unseres Denkmals erlaubten Abweichungen von der Hs.; ich gebe daher zunächst ein Verzeichniss der Reime und bespreche die wichtigsten derselben. — Das Gedicht besteht aus 60 Laissen mit 17 verschiedenen männlichen und 6 verschiedenen weiblichen Reimen.

A. Männliche Reime:

ain — XLIV. ait — XXV.

ant — LII.

é (et) — III, XIII, XVI, XVII, XLII, LV, LIX.

ent — VIII, XL, XLIII, LVII.

ér — VI, X, XI, XXIV, XXVII, XXIX, XXXVIII, XLI, LVI.

és — IX, XXX. it XIX, XXI.

ier — VII, XV, XX, XXVIII, XXXVII, LVIII.

iers — XXXI. iés — XXXV.

in — XXII, XXXIII. ir — IV, LI.

is — XIV, XXVI, XLV.

or — V, XXXVI, XXXIX, LIV, LX.

ort — XLVII.

us — XII.

B. Weibliche Reime:

anche — XLVIII.

ee — XVIII, XXIII, XXXIV, XLIX, LIII.

ente — L. este — I.

ie — II, XLVI. ure — XXXII.

---

*) Zu meinem Bedauern kann ich im Folgenden nur einen Theil des für diese Einleitung bestimmt gewesenen Materials verwerthen. Der Text hat weit mehr Raum in Anspruch genommen, als ich beim Beginne des Druckes vermuthete.

1.) Die Reime auf ain enthalten ein Wort mit etymologischem e: v. 920 plain (plenus). Man findet dasselbe Wort in Reimen auf ain in einem allerdings dem 14. Jahrhundert angehörigen Denkmale, im Bastart de Buillon v. 3860 und v. 4143, sodann das Femininum plaine im Reime auf aine, Berte (ed. Scheler) v. 1784.

2.) An und en werden in den Reimen auf ant und ent bis auf eine Ausnahme getrennt gehalten; in Laisse VIII finden wir nämlich unter den Reimen auf ent v. 216 das Wort garant. — Paul Meyer hat in seiner, 1870 im ersten Bande der Mém. de la Soc. linguistique de Paris veröffentlichten Abhandlung über „An et en toniques" S. 273, § VI dieses Wort nicht besprochen. Obwohl nun O die Schreibung garent gibt, so glaubte ich doch mit P das a in garant beibehalten zu müssen, da ich es in verschiedenen Denkmälern*) nur im Reime mit Wörtern auf ant gefunden habe. — Das in Laisse L, v. 1038, von P gegebene plorente konnte durch das adjectivische dolente aus O ersetzt werden (vgl. über dolent Paul Meyer a. a. O.). —

3.) Besonders wichtig für unser Denkmal sind die Reime auf é (et). — In Laisse III ist das End-t des Reimworts der ersten Zeile, v. 26, in der Hs. erhalten. Laisse XIII, v. 343 steht in der Hs. „en penses". Ein solcher Plural im Casus obliquus ist hier als Reimwort unmöglich; in einem am Ende der Zeilen dieser Laisse stehenden Worte kann nur die Endung é oder et vorkommen. Die hier im Reime unmöglichen Worte „en pensés" weisen also wohl auf ein ursprüngliches „en penset" hin. Dass der Dichter v. 343 einen Singular gebraucht hatte, bestätigt auch das „en penseit" in O, wo die ganze Laisse auf eit ausgeht. — Das handschriftliche „ames" am Ende von v. 409 kann grammatisch richtig auch nur amé oder amet lauten. — Anders verhält es sich mit v. 428, wo die Worte der Hs. „caitis, dolans et maleures" beim Verbum se claime, wie bei anderen reflexiven und passiven Verben, einem häufig vorkommenden Sprachgebrauche ganz gemäss sind. (O gibt in dieser Zeile zu demselben Verbum verschiedene Casus „Mut soi claimet chaitis dolant mal eureit). — Ausführlich ist dieser Punkt von Tobler zu v. 147 des Aniel besprochen worden; man vergleiche auch G. Paris zu Alex. 25e und Romania II, S. 106, Z. 13—14. — In unserem Gedichte kommt dieselbe Construction v. 374 und 940 vor, an zwei Stellen, wo der Nom. caitis auch vom Reime gefordert wird. Nichtsdestoweniger glaubte ich aber sowohl wegen des Reimes der Laisse XVI, als auch unter Berüksichtigung von Aiol (ed. Förster), v. 5083: „Si se claime dolant, maleure, caitif" (ebend. 5590 dieselbe Redeweise mit weiblichen Adjectiven) die Accusative in den Text setzen zu müssen.

In Laisse XLII gibt die Hs. v. 872 contet, 873 demoret und 876 sonet; der Infinitiv in v. 881 war durch Einsetzung der Lesart von O zu beseitigen; ebenso war das handschriftliche enuolepes in 885, wie die ganze Zeile, welche vom Verbum rechoivre in 886 abhängt, durch O zu bessern. — In Laisse LV hat der Schreiber von P v. 1135 mit „i ot" richtig den Acc. pl. „aueules ralumes" verbunden; liest man aber mit O „i sont", so erhalten wir die auch für den Reim richtige Form in 1135, können die Nominative in 1136 beibehalten und das handschriftliche redrechies in redrechiet ändern. — Innerhalb der Zeile ist das t nach e in der Hs. in folgenden Wörtern erhalten: congiet (v. 283), moitiet (220 und 569), laisiet (= laissiet v. 495). —

4.) Dass der Dichter in den Reimen auf i nur ein it im Auge hatte, ist leicht zu beweisen. In Laisse XIX steht in der Hs. am Schlusse von v. 459 richtig lit (lectum), ebenso 460 delit (delictum). Der v. 462 im Reime stehende Eigennahme David kommt auch sonst in Reimen auf it vor; cf. Vollmüller, Münchener Brut XXIII, zu v. 3779 (escrit: David). — Das am Schlusse von 454 in der Hs. stehende respi (nfr. répit) kommt nie ohne End-t vor (EW.**) 668); ebenso ist das letzte Wort von 455 in der handschriftlichen Schreibung tapi nicht

---

*) In der Chanson de Roland, in Toblers Mittheilungen, im Fierabras (ed. Kroeber u. Servois), in den Enfances Ogier, im Gerhard von Viane und im Agolant (bei Bekker), im Renaut de Montauban, im Aiol und Elie de saint Gille.

**) EW. = Etymologisches Wörterbuch von Diez. Vierte Ausgabe, 1878 (in einem Bande).

möglich (EW. 315). Das letzte Wort von 456, sami nach der Hs., wird an den anderen Stellen in P (816 Acc. pl. les samis und 1122 Acc. sing. samit) ganz richtig geschrieben. — In Laisse XXI hat die Hs. am Schlusse von 489 oit, 490 crit, 491 oblit und 499 vit. Am Schlusse von 496 steht in der Hs. deli, dasselbe Wort, welches, wie oben bemerkt, 460 richtig delit geschrieben ist. Das 497 in der Hs. stehende peti kommt nie ohne t vor (EW. 251 s. v. pito); das handschriftliche contredi (contradictum) in 498 ist auch in dieser Schreibung unmöglich; desgleichen muss das von meritum stammende meri der Hs., v. 500, ein t haben (vgl. Berte 1324 und 1325 delit: merit). Beachtenswerth ist endlich das handschriftliche, unter den Lesarten verzeichnete nourit in v. 1052. — Ich erwähne hier noch in Betreff des End-t die in der Hs. stehenden Wörter conroit (v. 515) und foit (108 u. 827).

5.) In den Reimen auf er in Laisse X, die aber (s. o) vielleicht ganz interpolirt ist, finden wir v. 303 den Nom. Sing. „li ber".

6.) In den Reimen auf és (IX und XXX) kommen die folgenden Nom. Sing. vor: v. 272 la verités, v. 274 vostre virginités, v. 663 la soie humilités, v. 664 tote crestientés und v. 676 ses aés.

7.) Reime auf ier, iés und ie (ïe). In Betreff der zuerst von Bartsch beobachteten Einschiebung von i vor e nach gewissen Consonanten, „Diphthongirung eines aus a entstandenen ie", verweise ich auf G. Paris Alex. 77 u. 78, sowie 267 u. 268, Förster Ch. II esp. zu v. 9524, Willenberg in Böhmers roman. Studien III, 420—421, und auf Gröbers Ztschr. für rom. Phil. II 529 (in der Abhandlung von Ulbrich). Hiernach konnte apoiiés (751), delaiier (200), esmaiiés (749), proiier (171, 400, 632, 775 und 1185), proiiere (71, 911 und 1228) in den Text gesetzt werden. (Ueber ïe aus iée vgl. S. VII).

8.) Im Reime auf iers hat die Hs. v. 681 den Nom. Sing. mollier; es war also molliers in den Text zu setzen.

9.) Was die Reime auf is betrifft, so ist zunächst auf den schon oben unter 3 besprochenen Nom. Sing. caitis (374 u. 940), sodann auf den Nom. „Alexis" (578 u. 932) hinzuweisen. Vers 581 habe ich auf Grund des Reimes die gute Lesart von O in den Text gesetzt.

10.) Die Laissen auf or enthalten, abgesehen von drei Ausnahmen, nur Wörter mit geschlossenem o (ó) aus lat. ō. Unter den leicht erkennbaren Wörtern auf lat. orem finden wir auch: freor 754 (EW. 588 u. 762 im Anhang), lor 807 (illorum), paor (pavorem) 757, 1238, 1248, tenror 1114, tristor 1103 u. 1224, verdor 1104 (über das Ableitungssuffix or, oris vgl. Diez, Gr.⁴ II, 349—350). — Die drei Ausnahmen, d. h. Wörter mit ó aus u in Position, sind: estor 1239, von ahd. sturman (EW. 309), jor 802, 1102, 1246 und sejor 759 u. 806 (von diurnus, EW. 105). —

Indem ich an das unter 2, 3, 4 und 10 in Betreff der Reime Gesagte anknüpfe, will ich es jetzt versuchen, die von mir im Texte durchgeführte Schreibweise näher zu erläutern. Zu 2.) Ich habe tens (tempus) statt tans 15, 95 und 267 in den Text gesetzt; die Hs. selbst hat auch 361 tens; vgl. über dieses Wort, welches sich zu an und en im Reime fügt, Paul Meyer a. a. O und Tobler, Aniel XXX. — Zu 3. u. 4.) Jedes Wort in den Reimen auf é kann mit et geschrieben werden. Ist nun, wie wir weiter unten sehen werden, unser Denkmal der picardischen Mundart zuzuweisen, so müssen wir die Thatsache ins Auge fassen, dass die Wahrung des Schluss-t picardisch war und sich bis ins 16. Jahrhundert erhielt. Dann darf auch wohl die Schreibung von O in Betracht gezogen werden, wo wir, abgesehen von Laisse III, stets dieses Schluss-t vorfinden. Erwägt man ferner, dass die Hs. P sowohl bei einer kleinen Anzahl der Reimwörter, als auch (s. o. n. 3) bei einigen Wörtern innerhalb der Zeilen dieses e t zeigt, so wird die von mir durchgeführte Schreibung mit et hoffentlich gerechtfertigt erscheinen. — Dass für i im Reime it zu schreiben war, ist oben unter 4 nachgewiesen worden; hiernach habe ich auch die Schreibung innerhalb der Zeilen geregelt. Wegen dieser Endung it war in den Zeilen 463—467 O in den Text aufzunehmen; es ergibt sich dies sofort aus der an der betreffenden Stelle notirten Lesart der Hs. P. Die Wörter ami und li (= ihr) können kein t haben, also mit lit (459), delit (460) etc. nicht reimen. — Zu 10.) Die angeführten Ausnahmen beweisen, dass im Dialecte unseres

Gedichtes hinsichtlich der Reime der sonst im afr. beobachtete Unterschied zwischen o aus lat. ō und o aus lat. u in Position nicht berücksichtigt wird (cf. G. Paris, Alex. S. 58—60 u. S. 276). Die Aussprache dieses o entspricht dem ou, d. h. dem deutschen u (vgl. auch die Schreibung der Hs. von docour und signour, Var. 1253 u. 1254). Ich habe die Schreibung mit o beibehalten und mich auch in gleichen Fällen innerhalb der Zeile nach der Hs. gerichtet.

Eine durchgehende Gleichmässigkeit der Lautgestaltung herzustellen, habe ich nicht versucht. Im allgemeinen ist nur in Bezug auf dieselbe Form desselben Wortes eine einheitliche Schreibung eingeführt worden. Von einer durchgreifenden Uniformirung der Laute hielten mich auch einige vereinzelt vorkommende Erscheinungen ab: ie aus lat. Positions-e haben wir in biel v. 137 (und v. 455, Lesart), sowie in tiesmoign, 892. Diese picardisch-wallonische Eigenthümlichkeit wegzuschaffen, war unerlaubt; das Vorkommen eines solchen ie in zwei Wörtern konnte mich aber auch nicht veranlassen, in allen andern sehr zahlreichen Fällen das Positions-e in ie umzusetzen. — An einigen Beispielen will ich nun zu zeigen versuchen, welchen Weg ich eingeschlagen habe. Der Schreiber von P sprach ue bereits wie ö; man vergleiche die Formen des Praesens: 207 (Var.) treuve, 508 trueve, 877 (Var.) treve, 771 truevent: ich habe in diesem Falle die gute Schreibung mit ue gewählt. Den Infinitiv desselben Verbums schreibe ich an allen Stellen (546, 799, 844) nach der Hs. trover, ebenso das Participium (29, 339, 417, 896, 901, 1126) trovet (= trové) und endlich das Perfectum (331 u. 333) trova und (387) troverent. Der Wechsel des Stammvocals nach der Lage des Accentes kommt also zur Anschauung, wenn man die beiden Personen des Praesens mit den übrigen angeführten Formen dieses Verbums zusammenstellt. — In ähnlicher Weise glaubte ich in folgendem Falle verfahren zu müssen: Die Hs. gibt: espouser (151 u. 157), esposee (1095 Var.), espousement (226), espouse (446), aber auch in dieser Wortgruppe oft die Schreibung eu: espeus (244 Var.), espeuse (23 Var., 39 Var. u. s. w.), enspeuse (324 Lesart, über diese Form s. weiter unten): alle diese Wörter sind im Texte mit ou geschrieben. Nach der bei den Adjectiven auf ōsus in unserem Denkmale herrschenden Lautgestaltung hätte ich auch espeus, espeuse schreiben können; da aber die gute alte Form vorhanden war, so habe ich hier des Schreibers Aussprache (in sposus für sponsus wird bei ihm das durch Consonantenausfall lang gewordene osus zu eus) nicht berücksichtigt. — Die Adjectiva auf lat. ōsus endigen in unserem Denkmale mit einer Ausnahme alle auf eus, nämlich: anguosseus (203), dolereuse (1005), esperiteus (254), enuieus (693; cf. enuios im Besant de Dieu 1117 — nebst Toblers Note — und 2048), perileus (234) und prechieuses (1198); hiernach habe ich auch statt des handschriftlichen mervillous (1177 Var.) „mervilleus" in den Text gesetzt. Das Adjectiv gentius (gentilis) der Hs. ist v. 28 in gentieus geändert, da beide Formen in picardischen Texten vorkommen (cf. Tobler, Aniel XXV). Mit Rücksicht auf das sonst von mir beobachtete Verfahren hinsichtlich der Lautgestaltung kann man hier die Hs. in Schutz nehmen. Der Triphthong ieu erscheint übrigens in unserem Denkmale nicht nur vorzugsweise in Dieus (und so steht überall im Texte), sondern auch 467 in vieus (vetulus) und stets in dem elfmal vorkommenden ieus (oculos); andererseits bietet die Hs. zehnmal nur die von mir beibehaltene Schreibung fius und ebenso immer (457, 604, 671) für lŏcus „liu", jedoch für fŏcus „feu (cf. Lesart zu 575)". Was das Adverb dementres, das ich nur in dieser Form kenne, anbetrifft, so habe ich 992 das handschriftliche dementrues bestehen lassen und hiermit 843 (dementrueus; s. die Var.) in Uebereinstimmung gebracht.

Beachtenswerth in unserer Hs. ist eine Eigenthümlichkeit, die auch andere afr. Texte zeigen, und welche (cf. Suchier, Auc. u. Nic., S. 63, n. 17) darin besteht, dass im ganzen Osten des altfranzösischen Sprachgebietes gedektes l hinter Vocalen zu schwinden pflegt, wo es sonst vocalisirt wird, z. B.: abe aus alba (Var. 763 u. 865), amosnes (Var. 63, 506, 684 und Lesart 722), amosne (Var. 397, 412, 627), am. u. asmosnier (Var. 174 u. 397), amosniers (Var. 408 u. 679); ferner aquant (Var. 1009), atorite (Var. 333), atre (Var. 1112; sonst stets in der Hs. autre, autres, autrui, autretel), biate (Var. 117 u. 436), bias [Var. 253, während sonst überall (430, 438, 473 etc.) biax = biaus steht], loiates u. loiate (Var. 20 u. 41), loiament (Var. 157 u. 242), pamier (Var. 617, 624, 1046) und pamiers (Var.

693 u. 1017) neben paumier (480 u. 647), einmal „hate" (Var. 1085), sonst stets haut u. haute, mavais (Var. 271 u. 486), stets saver (Var. 245, 290, 550, 607, 650, 792), so auch savé (Var. 52 u. 403) und savee (Var. 540), an allen Stellen der Hs. vet (Lesart 17, Var. 104, 145, 177, 192, 200, 312, 315, 345, 672, 673, 737), ebenso revet (Var. 576), in sehr vielen Fällen a statt al=au [dieses a ist in den Varianten (ebenso wie das a für as, s. u.) mit fetter Schrift gedruckt], z. B. 79, 87, 92, 248, 318, 429 etc. — Ich habe nun, abgesehen vom Artikel a l' vor Vocalen, in allen Fällen au statt a, d. h. a mit vocalisirtem l, und ebenso eu statt e in vet in den Text gesetzt. Nicht durch den Schwund eines l, sondern wohl nur durch die Aussprache des Schreibers ist es zu erklären, dass wir neben euvre (2, 16, 533 u. 770) einmal (Var. 1199) evre in der Hs. finden; treve neben treuve, trueve ist schon oben besprochen worden. — Nicht ganz selten hat die Hs. a statt ai: basier (Var. 774), dagna, (Var. 52), lasierent (Lesart 455), masnie (Var. 653), plat (Var. 149), trast (Var. 389). Ich habe hier, da die Hs. an sämmtlichen anderen Stellen laissier und plait gibt, überall ai geschrieben. Dieselbe Eigenthümlichkeit zeigt die Hs. des Aiol, wo ich in Försters Ausgabe 9273 plasir, 10388 katis finde; im Elie de s. Gille (ed. Förster) steht 1900 „pladier". — Wegen des Schwundes des i notire ich hier noch seut (Var. 313 u. 605) statt sieut (solet), wie auch 845 in der Hs. steht; über sieut vgl. man Tobler, GGA. 1874. S. 1041, Förster, Ch. II esp. XLI und Mussafia, Oest. Gymn.-Ztschr., 1877 S. 201. — Parasitisches i zeigt sich dagegen: a) einmal in dem einzigen in unserem Denkmale vorkommenden Subst. auf aticum, in coraige v. 184, während die Hs. 265 u. 695 corage hat, und so habe ich auch v. 184 geschrieben; vgl. noch v. 225 acoragiement. b) in paile (pallidus) 68 u. 364.

Folgende Punkte hinsichtlich der Lautgestaltung und Schreibung der Vocale in unserem Denkmale glaube ich jetzt noch hervorheben zu müssen: Ison statt aison aus ātionem steht in den beiden mit dieser Endung gebildeten Wörtern unseres Denkmals, nämlich in orison (orisons) 124 u. 538 und in pasmisons 1084; cf. Förster, Ch. II esp. XXXIX. — Oi erscheint in enpoindre (von pungere) 109, aber ui (? ue) in puins (? puens) 950 u. 1011 (von pugnus). — Schwächung des o in e zeigt sich in: corechier (105, 172, 377 u. 771; cf. Romania III, 420), dolereuse (1005) Honeres (Var. 801), volentet (40 u. 342), volentes (678), volentiers (277 u. 694; cf. Ch. II esp. 85 u. 1068). — Die in picardischen Texten häufige Zurückziehung des Accentes in der Participialendung iée, so dass dafür „ïe" erscheint, zeigt unsere Hs. viermal: v. 17 im Reime aparillïe, 421 u. 985 chercïe, 181 joncïe. — Aphärese des e finden wir in glise 555 u. 915, in glises 64 und in vesque 898. — Statt des y der Hs. in einigen Substantiven, die entweder stets so, oder bald mit y, bald mit i geschrieben sind, habe ich, abgesehen von ymnes (1186) und ydrope (1136 u. 1150), stets i geschrieben; das y der Hs. in castoyer hat den Werth eines doppelten i, daher 1069 castoiier.

Ich komme endlich zu einer näheren Besprechung der Consonanten. In der Verwendung von c, ch, g, j, k und qu zeigt die Hs. eine grosse Unregelmässigkeit. Für die Wörter mit lat. qu war es im allgemeinen leicht, eine consequente Schreibung herzustellen. Die Pronomina und die Conjunctionen haben in der Hs. durchweg qu; abgesehen von cui, coi, aucun und cascun, ist daher an den wenigen Stellen, wo c oder k in der Hs. stand, qu bei den Pron. und Conj. in den Text gesetzt worden. Die Hs. bietet ki (9), kest (1002, dagegen 1079 quert), con (= qu'on 145, 694, 823), cai (=qu'ai 574), cout (=qu'out, im Texte qu'ot, 885), in Betreff der Conjunctionen u. a.: capres (= qu'apres 3), cen (=qu'en 31), kentor (=qu'entor 644), kil (= qu'il 7, 11, 73), cot (= qu'ot 110). — Auch für lat. unquam, wofür die Hs. 707, 797, 852 u. 856 onkes gibt, ist überall onques geschrieben worden, und dies ist auch die handschriftliche Schreibung des Wortes in 448, 636 u. 1212.

Weit grösser war die Anzahl solcher Wörter, deren orthographische Regelung den Laut betraf, welcher auf lat. ce, ci, auf lat. assibilirtes t und auf deutsches (od. arab.) k zurückzuführen ist. Die Handschrift selbst hat über siebenzig Wortgruppen (ich gebe auf der folgenden Seite unter dem Texte ein alphabetisches Verzeichniss derselben), welche ihre Erklärung in den Auseinandersetzungen finden, die von Tobler, Aniel XX u. XXI und von

G. Paris, Alex. S. 277 gegeben worden sind. Ich verweise wegen dieses Punktes insbe-sondere noch auf Neumanns Laut- und Flexionslehre des Altfranz., 1878, S. 75—102. Im Texte steht ch, wenn die entsprechenden latein. Wörter ein e oder i nach dem c, oder eine Endung mit assibilirtem t haben (für assibilirtes t gibt die Hs. auch oft s oder ss; vgl. die Var.); c im Texte hat den Werth eines k, wie er im Laute des lateinischen oder deutschen (u. arab.) Stammwortes vorhanden ist.

„Ch entwickelt sich auch aus lat. pj, cf. Neumann, l. c. p. 79; hiernach ist im Texte zu lesen: aprochier 388 u. 1183, reproches 1054 (proche aus propius)."

An einigen Stellen, wo k sich in der Hs. fand, habe ich es bestehen lassen; mit k ist auch das 1198 in den Text gesetzte, von fabricari stammende „favrekier" geschrieben; Littré

---

acater (ad-captare) 320, — aesmanche (Suffix antia, Diez, Gr.⁴ II, 384) 991, — afice (* figicare, EW. 139, Scheler z. Bast. 3343) 214, — afrankiroie (ahd. Franko) 651, — aliganche 982, — asoguranche 985, — † atendanche (die mit einem † bezeichneten Wörter stehen im Reime auf anche) 975, — baceler (baccalarius) 187, 298, 568 u. 654; über die Endung er in baceler cf. Tobler Jahrb. XV, 262 — blance 22 und blan-coiier 187 (deutschen Ursprungs; cf. Aiol 2014 „et la car blancoiier"; ib. 8105 „blancoiant"), — bouce 854, 1176 (Disme de Pen. 1886 „de bouke à bouke, ib. 2094 atouke: bouke) — (zu cadere:) caie 126, cait 938, ceus 572, caus 582 Lesart u. 981 Var., cau 1227 Var., cf. Aiol 5613 „Car les vertus Mahom sont a tere keues", — cainse 488 u. cemise 503 (EW. 79 u. 80.), — caitis (captivus) 374, 940 und caitive 1004, 1092 (Aiol 9399 kaitis), — canbre 170, 173, 178, 179, 201, 256, 454, 465 u. 820, — cangier (EW. 79) 394, cangie(t) 355, cange 255, trescangie(t) 360, cf. Aiol 9424 cangier, — canter 355, cantee 738, cantent 1186, cant 1107, canteors 154, — capelain 923, — carciés (EW. 89) 747, cf. Disme de Pen. 1236 carkiés, Bast. de Buill. 924 querqier, u. 3004 querqua, — carite(t) 107 Lesart u. 412 (cf. Aiol 8637 u. 8640), — (zu carnem:) cars 710 u. 746, car 613, carnel 460, carnelment 336, — cartre 732, 868, 921, 929, 945 (nur 947 hat die Hs. chartre), — (obwohl es sich eigentlich um lat. qui handelt, so sei doch hier wegen des laut-lichen Unterschiedes von den anderen Mundarten auch erwähnt:) cascun u. cascuns 65, 243, 272, 691, 751, 755, 1192, — von casa (EW. 90): caser 652, case(t) 80, casement 210, — von cassa (EW. 91): casses 818 u. 1203, — von castigare: castoiier 1069, castia 462, caste(t) 252 u. 266, castiement 240 und castement 227, — (von calere:) caut 552, 777, — (von *caminus:) cemin 19, 385, 512, 616 u. 713, — (von canutus): cenue 947, vgl. Aiol 5207 quenue, 5225 kenus, Gille 737, 840 kenus, 857 kenu, — (von cercare für circare, EW. 95:) cerole (cherole) 421, cf. Jahrb. V 342, Z. 17 v. u. encherquast, Richart 1738 chierkier, — (von ecce hoc:) cho 694, ichou 659, 903 (und zu ecce ille:) ichil 849, (wegen chi von ecce hic notire ich hier noch:) dechi (==deschi) 422, — (von cara, EW. 87:) ciere 441, 1068 [nur einmal 878, chiere], — das Adj. ciere (cara) 270, — (von caput:) cies 228, 276, cief 389, 434, 482, 516, 554, 861, 877 u. 1054, — (von got. kausjan) coisir 100, 1058; vgl. coisist Ch. II esp. 3566, — (aus com u. initiare) commenche 306, 307, 542, 549, 558, 643, commenchent 775, commencha 55 u. 88 Lesart; — corechier 172, 377 u. 771 (? von *corruptium aus corruptus, cf. Littré s. v. courroux und courroucer, wo auch aus Ronc. corochier u. zur Etym. besonders die pic. Form „courcher" angeführt ist), — (von causa:) cose 72, 302, 951, — (von collocare:) coucier 657, 851, couce 124, 194, 548, 888, 909; cf. Littré s. v. coucher die pic. Form couker, — descainee 997 (Littré s. v. déchaîner, Etym. „prov. descadenar, pic. décainé), — descaus 590, 736 u. descaucier (Text descauchier) 176, EW. 79 s. v. calzo; cf. Aiol 6678 descauchiés, — (von capillus) descevelee 999 u. escevele(t) 434, — † desperanche 981, — enbrache 955, 1064 (cf. Jahrb. V 348, Z. 25 v. o. embrachoie), — † enfanche 990, — † erranche 977, — † esfraanche, 984 — (vom ahd. skiuhan) eskive 1104, cf. Richart 2726 eskieuwent, — esperanche 1070, — (von faciat) fache 798, 888, und so auch 1179 Bonefache, — † fianche 979, — hascie (cf. ahd. harmscara) 9, Disme de Pen. 2314 haskie, — hucier 622 (EW. 618; cf. Aiol hucier 6171, 7699, 7919, 7935, Bast. du B. 6198 huquier, — (von *juncare aus juncus) joncïe 181, cf. Aiol 7086 joncier, — (von lascare statt lacsare = laxare) lasque 916, 921; cf. 3. sg. lasque Aiol 5582, s. Gille 381, 410, Infin. lasquier im Bast. de B. 4293. — (von mercedem) merchi(t) 572, 624, 1222 und das entsprechende Verbum in der 3. sg. praes. „merchie" 884, — (vom arab meskîn, EW. 212) meskin [mescin] 717, 729, — † onoranche 987, — (von peccatum) peciés 482, 484, — penitanche 520, 699, — † pesanche 978, 989, — pieche 268, 342; cf. Burguy II, 316 u. Förster z. Ch. II esp. 442 u. 7568, — † poissanche 980, — (zu praedicare) preces 1187, — racor-danche 1060, — † ramenbranche 976, — (aus *directiare von directus) redreche 1010, redrechie(t) 1186, — † repentanche 988, — (von. got. reiks) rice 653, 1123, 1175, rices 118, 160, 188, 185, ricete(t) 28, ricoise 129, 285, 479, nur 346 in der Hs. richoise, — sanblanche 394, 1014, — (von ahd. siniscalh) senescal 825, — (von servitium) serviche 1201, — sostenanche 514, — (aus *tractiare von tractus) trache 345.

Ich lasse diesem Verzeichnisse (unter Angabe der Laissen) noch diejenigen Wörter aus O folgen, welche hinsichtlich der Gutturalen ein picardische Schreibung zeigen: cascun III, XXXI u. cascuns XXVI u. XLVII, — castoit IV, — chierges VI u. XL, — cambre VII, X u. XIX zweimal, — junkie VII, — cangiet und trescangiet XIII, cangier XV, — chercier XV, cercieir XXXVII, cercie XVII, cerciet XLVIII, — desceveleit XVII, — castiat XIX, — descalz XXII, XXVI, descaz XXXIV, — caut XXXVII, — lascier (infin. statt des imper in P) XLIII, dagegen XLIV „lasche", — capelain XLIV, escive LIV, — exekes, cantent u. preces LVII.

belegt dieses Wort im Ergänzungsbande s. v. fabriquer mit einer Stelle aus dem Rom. d'Alix. (12. Jahrh.) und einer Glosse aus dem 14. Jahrhundert.

Was die Schreibung von g (gu) und j betrifft, so habe ich folgenden Weg eingeschlagen: Zeigte die Hs. in irgend einem Worte für stammhaftes j auch g, so ist nach picardischer Weise dieses g für die ganze Wortgruppe verwendet worden; die Hs. hat z. B. 690 getent, 1122 gete(t); es steht daher im Texte 458 geterent, 1138 getet, 1166, 1168 u. 1171 geter, 1219 für die 3. sg. praes. gete; v. 77 ist also auch degetet zu schreiben. War in der Hs. aber ursprüngliches j consequent erhalten, so ist die Schreibweise von mir nicht geändert worden, vgl. jehir (vom ahd. jehan) 94, 588, 1056. — Bekanntlich verwandelt sich auch g vor lat. a im Franz. zuweilen in j; es ist deshalb sowohl für gaudium als für gaudere die handschriftliche Schreibung mit j in joie und joir (= jouir) beibehalten worden, obgleich in picardischen Texten die Schreibung mit g in solchen Fällen ganz häufig vorkommt, cf. goie, Disme de Penit. 191 u. 192 und resgoï ebend. 497. — Um die harte Aussprache des g vor e zu kennzeichnen, habe ich, der Hs. entgegen, überall in den entsprechenden Fällen die Combination g u in den Text gesetzt. „Die Schreibung g statt gu vor e ist picardisch", F ö r s t e r, Oest. Gymn.-Ztschr. 1874, S. 137. Ich schreibe also guerpir 106 (got. vairpan, ahd. werfan), guerpira 216, sont guerpi 495, guerpi(t) 1233, deguerpit, 3. sg. perf., 10 u. 935, — orguener (organum) 154, orguillir (cf. ahd. urguoli) 102, guerriers (aus guerra vom ahd. werra) 696. — Vor i zeigt auch die Hs. dieses gu, so in guise 480 u. 617. — Das von servientem stammende sergant habe ich überall mit g geschrieben; in der Hs. kommt es neunmal mit g und sechsmal mit j vor. Wie G. P a r i s Alex. 277 u. 278 zeigt, sprach man wirklich in diesem Worte das g hart aus. Mit sergant auf gleicher Linie steht die im pic. Dialecte für „je" gebräuchliche Schreibung „ge" (entstanden aus ieo, dem das aus ego syncopirte eo zu Grunde liegt); ich habe das g in diesem Worte, wo es in der Hs. vorhanden war, beibehalten (245, 296, 572, 973). Ueber sergant und ge vgl. auch S u c h i e r, l. c. p. 61 n. 12.

Ehe ich zur Besprechung anderer Consonanten übergehe, muss ich noch darauf hinweisen, dass in unserem Denkmale, wie in anderen picardischen Texten, eine Doppelconsonanz sehr oft vereinfacht wird. Für alle einzelnen Fälle gibt die Vergleichung des Textes mit den Varianten Auskunft; ich hebe nur Folgendes hervor: Die Schreibung feme (450, 531, 1012), die auch andere pic. Texte zeigen (cf. Disme de Pen. 2990), habe ich beibehalten. Das Adjectiv belle schreibe ich stets mit ll; die Hs. hat bald ll (22, 187, 212, 226, 240 etc.), bald l (39, 270, 285, 295 etc., cf. Var.); ich verweise hier besonders wegen des (s. folg. Seite) in unserer Hs. oft vorkommenden biax = biaus, auf F ö r s t e r s Artikel in Gröbers Ztschr. I 564-567: „Franz. beau aus bellum". — Asses, das in der Hs. fünfmal mit ss, dreimal mit s steht, konnte natürlich immer nur mit ss geschrieben werden. Das einfache r der Hs. habe ich in rr umgesetzt v. 443 im Fut. plorrai, — v. 1048 im Fut. morrai, — v. 676 im Fut. durra (das Perfect dura steht mit e i n e m r richtig v. 961), u. s. w.

Von der Erhaltung des auslautenden t in den Endungen et, it und oit, wo dieses t = einem lat. t zwischen zwei Vocalen, ist schon oben, Seite VI u. VII (n. 3 und 4) die Rede gewesen. Ich muss hier noch nachträglich ein bei der Zusammenstellung der Varianten von mir übersehenes Wort mit der Endung ut anführen; die Hs. hat nämlich v. 1079 atendut; aber dieses ut kommt sonst in derselben nicht vor, vgl. recheu 162, 657, tenu 706, venu 386 u. 654. — Eine andere die Dentalen betreffende Eigenthümlichkeit des Picardischen zeigt sich in unserem Denkmale ohne Ausnahme; t + s und d + s werden nämlich im Auslaute (nicht wie in den anderen afr. Mundarten zu z, sondern) stets zu s. Beispiele der verschiedensten Art finden sich im Texte, ich führe nur einige an: confors 404 (vgl. den Acc. confort 967 u. 982, das Verbum reconforter 978), — li escris 29 u. 339, — grans 99, 663, 982 Lesart, 1100, 1132, 1156, 1170, — piés 140, 558, 590, 736, 750, 906, 946, — viés (vetus) 415, — in der 2. pl. der Verben: avés 446, 489, 520 etc., arés 275, soiés 242, 757. — Erwähnt sei hier noch, dass das End-t von mont (985) und von maint (891) in der Hs. fehlt. — Ein d zur Scheidung der unbequemen Lautgruppe nr (cf. Diez, Gr. I 220) hat unser Denkmal nicht in tenror 1114, auch nicht in tenrement 202 u. 836. Tenrement finde ich auch Berte 1032,

Tobler, Mitth. 249, 19, Richart 3046; das Adj. tenres verzeichnet Stengel zweimal im Durmart (2206 u. 8278). — Sodann ist auch die Einschiebung des d im Fut. u. Cond. von voloir unterblieben: 608 u. 659 vora = voura statt voudra, — 1180 voront = vouront statt voudront, — 988 u. 1028 voroie = vouroie statt voudroie, — 595, 648 u. 944 voroit = vouroit statt voudroit; auch im Fut. von venir (487, 968) fehlt dieses d. — T wird zu d in cordine 455; perde (1005 aus O) ist ganz regelmässig, cf. Ch. II esp. LI. — Picardisch ist prendent 781.

S vor Consonanten scheint für den Schreiber unseres Denkmals schon stumm zu sein. Die Hs. gibt defae(t) 422 (von dis-fidatus, cf. Tobler, Jahrb. XV 248, zu Z. 154), — se depane 951, depane(t) 415, depanee 998 (cf. Renaut de Mont. 63, 11 derompre et despaner), — puit statt puist v. 25, während sonst, 96, 141, 142, 197, 260, 302, 1160 stets richtig puist steht (über das Fehlen dieses etymologischen s in puist vgl. auch Förster, Oest. Gymn.-Ztschr. 1874, S. 162), — v. 120 pui (Adv.) statt puis, wie auch sonst, z. B. 356 u. 1125 geschrieben ist, — voit statt voist in v. 804, an drei anderen Stellen, 123, 169, 560, aber voist (aber „voit“ vgl. Willenberg, in Böhmers roman. Studien, III, 434-435), — fit statt fist v. 178, hingegen 19, 78, 527, 531, 728, 866 u. 930 richtig „fist“, — lor 642 u. 880 statt des sonst auch im Afr. nur mit paragogischem s vorkommenden Adverbs lors (cf. Diez, Gr. II, 456), — trek’en 697, aber 1061 treske. Auch die Einschiebung eines nicht ursprünglichen s zeigt die Hs. v. 397 in asmosnier. Im allgemeinen ist indessen s vor Consonanten, auch vor m und n, meistens geschrieben, z. B. esmarir 1057, esmarie 951 u. 963, — esmervillier 664, — disner 163 (in dem Ausdrucke „le matin a disner“; über disner von „disjunare“, nicht von disjejunare, cf. G. Paris, Romania VIII, 95—100, und besonders für unsere Stelle die Beispiele das., S. 97 u. 98). — Dreimal hat ferner unsere Hs. die nach Förster, Ch. II, esp. LIII, dem Osten eigenthümliche Schreibung des s mit c, nämlich cers 400 (hingegen 407 u. 623 sers, 651 serf), sowie an zwei Stellen in v. 821 (cf. Lesart) ces statt ses. —

Hinsichtlich der Labialen habe ich in Betreff des Ausfalls derselben vor Consonanten das Folgende anzuführen: Im Futurum von avoir hat die Hs. „avra“ nur 215, 465 (Lesart) u. 711, averons 460 (cf. Lesart), sonst aber: arai 1022 u. 1110, — ara 323, 375, 463, u. 653, — arés 275 und aront 163, — im Fut. von savoir nur sara 376 u. 426; — ferner ist zu merken: humle 911 (und so sollte im Texte stehen), — oscur 321 u. 601 (cf. Aiol 5213 al soir et a l'oscur.) Zweimal, 1157 u. 1162, hat die Hs. auch asanler, sonst stets bl, nämlich: asanbler 150, asanble(t) 1132, asanblee 1002.

Die liquiden Buchstaben muss ich etwas ausführlicher behandeln. Ueber den Ausfall des l vor Consonanten („Schwinden des gedeckten l hinter Vocalen“) ist schon S. VIII u. IX gesprochen worden. Dem dort Gesagten ist zunächst hinzuzufügen, dass dieses l in unserem Denkmale auch stets im Dat. plur. des Artikels unterdrückt ist; ich habe die Schreibung as 37, 111, 140, 165, 498 etc. immer beibehalten und damit das handschriftliche a für den Dat. pl. (64 u. 407) in Uebereinstimmung gebracht.

Dass l in unserem Denkmale vocalisirt, beweisen schon die oben S. VIII im letzten Absatze angeführten Wörter; ich habe daher immer „mout“, sodann vor Consonanten den Dat. sg. masc. „au“ und, wie 987 in der Hs. steht, den Gen. sg. masc. stets „dou“ geschrieben. Es ergab sich aus dieser Vocalisation des l noch, dass das x der Hs. durch us aufzulösen sei; man vergleiche nur 253 (Var.) bias statt bials = biaus mit dem sonst in der Hs. vorkommenden biax. — Wegen dieser Vocalisation des l habe ich auch statt escoter v. 1 escouter und statt sodoiers in v. 697 soudoiers geschrieben (cf. Förster, Oest. Gymn.-Zs. 1875, S. 540 „soudoiers von solidatarius“). Im Texte muss ebenfalls v. 300 souder (von solidare) stehen; ferner hätte, in Uebereinstimmung mit der sonst von mir in dieser Hinsicht eingeführten Schreibweise, vom Verbum voloir das Perf. v. 13 etc., das Fut. u. Cond. (s. o. Z. 3, 4 u. 5), sowie das Imperf. Conj. 112 u. 646 mit ou geschrieben werden müssen. — Noch erwähne ich hier das 1061 vorkommende diex (Text: dieus) = dolius [cf. Förster zu Richart 1049], dossaus 813 (cf. den sg. dossal 455 aus O), — frestraus, für frestaus, 153 (EW. 589, Bartsch

Chrest.[2] 323, 36), — solaus (soliculus) 879. — das Pronomen iaus 43, 692 (aus O) u. 807 [cf. Mussafia, Oest. Gymn.-Ztschr. 1877 S. 202] und endlich viax = viaus v. 1034, cf. EW. 696.

In der Hs. wird das mouillirte l im Inlaute meist mit geminirtem l geschrieben. Abweichungen hiervon in demselben Worte oder in derselben Wortgruppe waren leicht zu bessern. Aparillier 812 u. 1196, aparilliés 748, aparillie 17 steht in der Hs.; daher war auch 477 aparillier zu schreiben. — Nur einmal, 718, kommt filles vor. — Wir finden ferner in der Hs. mervillier 635, und deshalb ist esmervillier 664, mervilliés 542, ebenso villier 67, 363, 393, 735, 853 und villiers 685 in den Text gesetzt worden. — Millor steht 118, 474 u. 1236, daher auch 380 millors; — vielle 53, viellart 729, und so in gleicher Weise viellart 298 u. 568. — Beibehalten ist die handschriftliche Schreibung in folgenden Wörtern, wo das mouillirte l durch geminirtes l ohne i bezeichnet wird (cf. Mussafia l. c. p. 203): fuelles 181, mervelle 785, 795 927, — mervelles 1145 u. 1161, — mollier 114, 131, 135, 170, 396 etc. und travall 330. — Endlich sind zu nennen: estoile 902 und pailes 180 (EW. 232 s. v. palio); auch 456 habe ich paile geschrieben; das in P noch einmal vorkommende pailles gibt die Lesart zu v. 32.

Erweichtes n (cf. Diez, Gr. I 220 u. 270—273, Förster, Ch. II esp. L u. LI) ist in der Hs. im Inlaut gewöhnlich durch gn bezeichnet: conpagnie [EW. 106] 21 u. 959 und so war auch 1111 in der aus O aufgenommenen Zeile „conpagnie" zu schreiben. — estragne (EW 310 s. v. stranio) 286, 608 u. 735, — lagnes (laneus) 736 [cf. Littré s. v. lange aus Joinville: a pié, deschaus et en lange (sans chemise)], — lignie 142, — lignage 146, und so habe ich auch 44, 132 u. 150 statt des handschriftlichen linage geschrieben, — signor 387, 756 etc., signorie 10 u. 27 — daigna (Hs. dagna) 52, — engignier (zu ingenium) 197, engigne 264, engigniés 582, (cf. Neumann l. c. p. 40; mit Rücksicht auf das dort Z. 23-28 Gesagte darf ich hier vielleicht noch auf die auch im Richart u. Aiol vorkommende Schreibung sonc (summum) hinweisen, welche die Hs. zweimal, 763 u. 865, bietet), — [espargnier 1204, cf. EW. 302], — maintigne 133, — vegne 674 und sovegne 228; — ngn steht im Inlaute in joingnons 230 und prengne (*prendiat) 347; — ng hat unser Denkmal in cangier (s. o. S. X Anm., Z. 9 u. 10) von canbiare für cambiare, sowie in congiet 283 (von conmeatus für commeatus). — Ueber loenges, 855, vgl. EW. 197 u. 198 s. v. lusinga. — Erweichtes n im Auslaut wird durch gn bezeichnet in tiesmoign 892; — soing (EW. 207 s. v. sogna) steht 1075 u. 1112 und reng (zu rendere für reddere) v. 405. — Statt ung (Hs. ·I·g, cf. Diez, Gr. II 47) habe ich 1115 un geschrieben; auch in der Hs. steht 31 u. 337 nur ·I·, 646 un u. 1043 uns (vns). Für das handschriftliche pagne 330 [Littré s. v. peine führt das pic. peigne an; vgl. Neumann, S. 49] habe ich paine in den Text gesetzt, da die Hs. an den übrigen Stellen, · 72, 255, 1177 u. 1182 auch stets diese Form zeigt.

Epenthetisches n (cf. Neumann, l. c. p. 74) hat die Hs. in folgenden Wörtern: Alexins 191, 259, 279 etc., ensient 204 u. 910 (dagegen 828 escient), — enspeuse 324 (cf. Lesart) u. 469 (cf. Var.), — enstragne 735, — pensanche (bei den Var. übergangen) 978. In allen diesen Wörtern, welche in der Hs. auch ohne den eingeschobenen Consonanten vorkommen, habe ich das n im Texte weggelassen. Dem von Förster, Ch. II esp. L, hinsichtlich dieser Erscheinung für englise citirten Beispiele können aus den von Bonnardot (Paris 1873) edirten Chartes fr. de Lorraine et de Metz folgende Stellen hinzugefügt werden: S. 28, Z. 10 englise, S. 30, Z. 16 u. 20 englise, auf derselben Seite Z. 24 u. 25 englese (und Z. 4 ecglise). — In ensement (205, 278, 842 u. 951; cf. Burguy, II 277 u. EW. 129 s. v. esso) habe ich das vor s eingeschobene n beibehalten, da das Wort in den afr. Texten vorzugsweise in dieser Schreibung vorkommt.

Den Ausfall des n im Inlaute zeigt unser Denkmal 772 in revirent für revinrent; cf. Orelli, Gr.[2] 265 Anm. 2, Z. 3 u. 4 und hierzu Förster Chev. II esp. Anm. zu 2954, 7784 u. 9236. — Das in der Hs. 79, 386, 481 etc. vorkommende mostier (monasterium) ist wohl die gewöhnliche afr. Form.

Diez, Gr. I 213 lehrt, dass das m sich hin und wieder in das nah liegende n verwandelt. Unser Text zeigt nun, gleich andern picardischen Denkmälern (cf. Neumann, l. c. p. 73), das Bestreben, an Stelle des m vor nachfolgendem labialen Consonanten ein n zu setzen, selbst wenn dieser labiale Consonant nicht etymologisch ist. Die Hs. bietet canbre 454, — sanblance 983, — sanble 101 u. 254, — asanble 1132, etc.; ich habe dieses n v o r b überall in den Text gesetzt. — Erwähnt sei hier auch, dass für lat. quomodo stets con geschrieben worden ist; die Hs. gibt deutlich v. 557 concil (Text: con chil).

Metathesis des r zeigt sich in avrisier 486 u. 687, — in govrener 962 u. 1025, — in herbrigier 488, 609. 625 u. 778. — Eingeschobenes r finden wir in frestraus (s. o. S. XII, Z. 2 v. u.) und in portrast 32. — Zwei Wörter unseres Denkmals zeigen auch den Ausfall des r; die Hs. hat 1029 mos statt mors und 1104 toterele statt torterele.

Ich schliesse diese Bemerkungen über die Consonanten, indem ich noch auf die Unterdrückung des anlautenden h bei Vorhandensein von Procliticis hinweise (cf. Romania III 420). Die Hs. bietet 1138 d'omes, ich habe deshalb 787 de l'ome in den Text gesetzt; vgl. ferner l'onor 100, 570 etc., — d'onor 1217, — m'onor 980, — s'onor 235, 494 u. 935, — l'onoranche 987, — l'ostel 633.

Zuweilen handelte es sich bei der Feststellung des Textes darum, das Versmass zu seinem Rechte kommen zu lassen. Obgleich nun wegen der Aenderungen, die das Versmass verlangte, im allgemeinen auf die Lesarten und Varianten verwiesen werden kann, so glaube ich doch einige in metrischer Hinsicht beachtenswerthe Punkte näher besprechen zu müssen. — Dass, wie in nostre esperanche 1070, auch in nostre honor (1074), cheste honor (577) und in nule herbe (1213) eine metrische Verschleifung stattfindet, versteht sich von selbst; vielleicht wäre es besser, in solchen Fällen, wie bei vorangehenden Procliticis, das stumme h im Anlaute lateinischer Wörter n i c h t zu schreiben. — Jovene (589 und 931), mit dem Tone auf o und das mit dem Tone auf i zu lesende virgene (51, 170, 187, 276, 449) sind bekanntlich zweisilbig, cf. G. P a r i s, Rôle de l'accent latin p. 24-25; glorie (249 u. 802) ist mit consonantischem i zu lesen. Nach gewissen einsilbigen Wörtern k a n n, wie gewöhnlich in afr. Texten, Hiatus stattfinden. 1.) Nach ne = nec: ne a 212, 215, 299 (n'a terre ɩe a mer), 366, 396, 614; — ne as 37, — ne argent 511, — ne antis 931, — ne aliganche 982, — ne el 291, — ne or 511 — ne orfrois 456 [e in ne = non wird stets elidirt, z. B. n'i 12, 1156, 1204, — n'est 212, — n'iert 614]. — 2.) Nach que: que a 1009, — que ainc 750 u. 1058, — que en 367, 896, 1188, 1251, — que il 94, 203, 228, 236 etc. (ebenso: quanque il 101 und 251, aber quanqu'il 111, 796 und 1168), que on 497, 508. 512, 570 und 596 (ebenso quanque on 161), que un 1017. — 3) Nach se: se il 200 u. 409. — Ferner ist zu merken: ge en 572, je ere 1030, dagegen „jo" in: jo as 407 und jo et 1034, sodann che est 686 u. 690. — Unter Bezugnahme auf M a l l, Comput S. 31, und Heiligbrodt in Böhmers roman. Studien, III 526 D u. 527 sei hier noch besonders hingewiesen auf den Hiatus in „trence isnelement" v. 218. — O gibt hier zwar tranchat, aber in der Oxf. Hs. steht oft ein. Perf., wo P ein Praesens hat, und es scheint, als ob der Schreiber von O zuweilen das ursprüngliche Praesens zu beseitigen suchte. — [„Fai le entrer" 535, cf. Mall l. c. p, 32, Z. 27—31.] — Zu denjenigen Wörtern, welche in unserem Denkmale E l i s i o n zulassen, gehört auch a.) der Artikel li, Nom. sg., in l'emperere 908, l'apostoiles 919 u. 1116 (vgl. li apostoiles 1147 u. 1184); — b.) der Nom. sg. des Relativs: [qu statt qui, cf. Mall l. c. p. 34 in:] qu'en 524, — qu'est 1002 und qu'ert 1079. — Den S. IX angeführten Fällen der A p h ä r e s e füge ich noch hinzu das durch Ausfall des anlautenden e von en v. 34 vorkommende qui'n; ich hätte daselbst auch quin schreiben können, cf. Comput 2059 „E kin voldrat jurz faire." — Auch die I n c l i n a t i o n consonantisch anlautender Wörter zeigt unser Denkmal, z. B. nel (= ne le) 360 und quil (= qui le) 58.

Im Folgenden werde ich nunmehr vorzugsweise die Declination der Substantiva unseres Denkmals behandeln.

Die wenigen Verstösse, welche in der Hs. gegen die Declinationsregel vorkommen, waren leicht zu bessern. Die Substantiva der 1. lat. Decl., der Neutra plur. der 2. u. 3. lat. Decl. geben zu einer besonderen Betrachtung keine Veranlassung. Für die Masculina auf — us der lat. 2. Decl. ist es zunächst wichtig festzustellen, welche Form wir dem Vocativ in unserem Denkmale geben müssen. Koschwitz hat in seiner Abhandlung über den Vocativ in den ältesten franz. Sprachdenkmälern (cf. Böhmer, roman. Studien, III, 493-500) den Nachweis geliefert, dass fast überall in den ältesten Texten der Voc. dem Nom. gleich geblieben oder geworden war. Unser Denkmal bietet den Nom. sg. Dieus 7, 331, 341 etc. und auch den Voc. Dieus 1037 (den Cas. obl. Dieu 4, 19, 35 etc.); auch hat die Hs einmal, v. 578, den Voc. Damredieus (für Damedieus, cf. EW. 119); es konnte deshalb auch v. 430 diese gute Form des Voc. in den Text gesetzt werden. — Der dem Nom. gleich gewordene Voc. sg. amis kommt 446 und 1102 in unserem Texte vor (der Cas. obl. plur. „amis" steht 588). — Von den Wörtern der 2. lat. Decl. auf — us und — um, verzeichne ich nun vorzugsweise diejenigen, welche in unserem Denkmale in verschiedenen Casus vorkommen: N. sg. angles 879, obl. sg. angle 902, N. pl. angle 6 u. 1248, obl. pl. angles 534 und angelor 1235. — N. sg. apostoiles 1147, 1184 etc., obl. sg. apostoile 823 u. 914. — N. pl. li clerc 1185, Acc. pl. les clers 1183. — N. sg. dans 316 (cf. li dansias 171 und 312), obl. sg. dant 332 u. 501. — N. sg. despensiers 683, obl. sg. despensier 714. — N. sg. dieus (s. o. S. XII, Z. 3 v. u.), obl. sg. duel 163, 205, 308 etc. — N. sg. diables 696, obl. sg. diable 1239, N. pl. diable 1138. — Mit dem N. Eufemiens (116, 632, 640 etc.) habe ich den Voc. 623 in Uebereinstimmung gebracht. — N. sg. espirs 85, 402, 540, obl. sg. espir 109. — N. sg. fius 337, 933 etc., der Voc. sg. ebenfalls fius 438 u. 957, obl. sg. fil 48, 50, 54 etc. — N. sg. jors 1043, obl. sg. jor 65, 317 etc., obl. plur. jors 23, 103 etc. — N. sg. leuwiers 698, obl. sg. leuwier 275. — N. sg. lis 185, obl. sg. lit 188, 217 etc. — N. sg. mons (mundus) 517, 822, 944, obl. sg. mont 52, 126 Lesart, 403 etc. (neunmal „mont"; ich habe deshalb auch 381 so geschrieben statt des „monde" der Hs.; cf. Ch. II esp. 5525 u. hierzu die Anm. das.) — N. sg. paumiers 693, 1017, obl. sg. paumier 480, 617 etc. — N. sg. peciés 432, obl. sg. peciet 247, 354, 518, obl. plur. peciés 484, 753, 793. — N. sg. peules 754, 810 etc., und daher auch so statt des handschriftlichen peule für den N. sg. 749 u. 765; obl. sg. peule 168, 1182 etc. — N. sg. plais (EW. 245) in v. 160, obl. sg. plait 143, 149, 576. — N. sg. siecles 271, obl. sg. siecle 4, 190 etc. — uis (ostium) 304 u. 554. — vis [lat. partic. visum (cf. nfr. visage)] 68, 364, 618 u. 939. — Anzuführen ist noch der Voc. Jesucris 401 u. 473; dieselbe Form des Vocativs steht Aniel 116. — Auch die substantivisch verwendeten Infinitive haben im N. sg. und im Acc. plur. das flexivische s: N. sg. li mangiers 677 und juners et villiers 685, Acc. pl. „et dient reproviers" 691. — Von anderen substantivischen Infinitiven im Cas. obl. sing. nenne ich hier: avoir 175, 290, 314, 320, 353 und estre 604 (cf. Stengel zu Durmart 13490 am Schlusse der Zusammenstellung).

Von den Substantiven der lat. 3. Decl. bespreche ich zunächst die dahin zu zählenden afr. Feminina. Tobler zeigt GGA. 1872, S. 889 u. 890, dass auch schon in der ersten Periode der Sprache für die Feminina dritter Declination eine Unterscheidung des Nom. und Acc. bestanden zu haben scheint; abgesehen von Wörtern wie image und mere (cf. Tobler a. a. O.), ist nun diese Unterscheidung in unserem Denkmale ohne Ausnahme vorhanden. Als Beispiele mögen zuvörderst die S. VII n. 6 genannten Reimwörter dienen: N. sg. verités, obl. sg. veritet 34, 70 etc., — N. sg. virginités, obl. sg. virginitet 22, — N. sg. humilités, obl. sg. humilitet 35, 362, — N. sg. crestïentés, obl. sg. cretsïentet 1214, — N. sg. aés, obl. sg. aet 48, 365. Einen Acc. plur. haben wir in totes ses volentés 678. — Von anderen Wörtern weiblichen Geschlechts aus dieser Decl. kommen u. a. vor: N. sg. la grans amors 99, la cui amors 246, l'amors 448, obl. sg. amor 41, 121, 495 etc., — N. sg. dolors 937, 1008, 1100, obl. sg. dolor 439, 977 etc., — N. sg. une odors 1211, obl. sg. odor 183, 539, 1214, 1218, — N. sg. orisons 538, obl. sg. orison 124; ferner: N. sg. la cars 710, Acc. sa car 613, Acc. pl. vos cars 746 (cf. Ren. de Mont. S. 51, Z. 9 „chars ont et venoisons), — N. sg. chités 587 und 744, obl. sg. chitet 36, 337 etc., — N. sg. la gens 586 und Voc. sg. bone gens 1003, obl. sg. gent 121, 168, 518, 725, 1002, 1157, 1170, 1193, N. plur. povre gent 1169 (vgl. über dieses Wort Förster im Wortregister zum Ch. II esp.), — N. sg. mors 965 und Voc. sg. mors 1029, obl. sg. mort 126, — Cas. obl. sg. nuit 66, 509 etc., obl. pl. par nuis 373 (cf. Ren. de Mont. 88, 15 „par les nuis") — obl. sg. part 297 u. 371, obl. pl. pars 148. [Endlich sei hier noch ein Femininum der lat. 5. Declination angeführt: N. sg. riens 161, 1000, obl. sg. rien 263 u. 649]. —

Von den zur lat. 3. Decl. gehörigen Masculinis mit beweglichem Ton sind hinsichtlich der Casus die wichtigsten in unserem Denkmale: ber, emperere, enfes und sire. Der Nom. sg. ber ist v. 4 aus beur gebessert, v. 259 für das handschriftliche bers eingesetzt worden und findet sich an der dritten Stelle (s. S. VII n. 5) im Reime; der N. pl. baron steht v. 166. — N. sg. emperere 908, obl. sg. empereor, N. pl. empereor 800, 897 etc., obl. plur. empereors 37 u. 822. — N. sg. enfes 82, 90 etc., obl. sg. enfant 42, 78 etc., obl. pl. enfans 289. — N. sg. sire 1018 in der Hs., an allen übrigen Stellen aber für den Nom. „sires". Da nun 1018 im ersten Halbvers zwischen „sire en" eine metrische Verschleifung nothwendig, die Form sires also unmöglich ist, da ferner der Voc. an allen Stellen (z. B. 141, 284, 430) in der Hs. ohne flexivisches s vorkommt, unser Denkmal aber mit sehr wenigen Ausnahmen den Nom. u. Voc. nicht in verschiedener Weise darstellt, so habe ich auch für den Nom. sg. stets „sire" in den Text gesetzt; obl. sg. signor 387, 756 etc. — Von den übrigen Masculinis der lat. 3. Decl. sind nur noch hom, peres und roi zu besprechen. N. sg. hom 28 u. 340, Voc. sg. hom 403, an allen übrigen Stellen hat die Hs. für den N. sg. „hons"; mit Rücksicht auf das oben für emperere, ber und sire Angeführte darf nun aber wohl angenommen werden, dass unser Denkmal das flexivische s im Nom. sg. für diejenigen Substantiva nicht verwendet hat, welche den Cas. rectus schon durch eine besondere Form vom Cas. obliquus unterscheiden können; ich habe aus diesem Grunde überall den N. sg. „hom" in den Text gesetzt; der obl. sg. lautet home 184, 298 etc.; obl. pl. homes 380, 494 u. 852. — N. sg. peres 28, 73, 91 etc., in der Hs. stets mit flexivischem s geschrieben; auch der Voc. 401 (Lesart) u. 402 hat dieses s; obl. sg. pere 105, 289 etc.; das s des Nom. u. Voc. in peres muss vom Dichter herrühren, denn in v. 402 würde bei der Schreibung „Pere et sains Espirs" der Halbvers in Folge der metrischen Verschleifung um eine Silbe zu kurz sein; es war also überall das flex. s in peres beizubehalten. — Obl. sg. roi 337, 936, N. pl. roi 1141; für den Voc. in 430 habe ich rois (statt roi) eingesetzt, weil, wie wir oben gesehen haben, dieser Casus mit dem Nom., der im vorliegenden Falle „rois" lauten würde, stets übereinstimmt.

Auf die anderen Redetheile und die Syntax näher einzugehen, muss ich mir versagen. Die Schreibung der Eigennamen ist unter besonderer Berücksichtigung von O möglichst genau nach der lat. Form gegeben worden [über „Sire (Syria)", 385, vgl. G. Paris, Jahrb. IV 215 u. 216.] — Eine wichtige picardische Eigenthümlichkeit der Hs., das Vorkommen des le statt la im Cas. obl. des weiblichen Artikels und des Pronomen personale, will ich noch erwähnen; der weibl. Art. kommt nur zuweilen so vor [z. B. 76, 168, 1081, 1113 (Hs. lou), 1204]; ohne Ausnahme aber bietet die Hs. den Acc. sg. „le" des Pronomen personale für la (187, 224, 280 u. 281, 297, 337 u. 340, 531, 868 u. 869, 915, 917, 923, 926).

Nicht nur die erörterten sprachlichen Erscheinungen, sondern auch eine grosse Anzahl der Verbalformen des Textes scheinen mir zu beweisen, dass unser Denkmal, welches aus dem 13. Jahrhundert*) stammt, der picardischen Mundart angehören muss.

*) Wie aus manchen Einzelheiten, z. B. aus dem handschriftlichen lui statt li in 487 u. 1081 hervorgeht, lebte der Schreiber von P wohl schon in der zweiten Hälfte des 13. Jahrhunderts.

Berichtigungen.

(Man vergleiche zunächst in dieser Einleitung: VIII, Z. 33-36. — X, Z. 7 u. 8. — XI, Z. 7. — XII, Z. 31 u. Z. 47-50. — XIII, Z. 18. — XIV, Z. 6 v. u.)

V. 47 Sara und 462 Saram. — 199 fuïr. — 204 eschïent. — 240 castïement. — 249 u. 577 fehlt das Zeichen für den Schluss der Rede. — 268 fu (so hat auch die Hs.) — 309 u. 310 peuïst (vgl. 600, 853, 1161). — 361 dïemance. — 402 Espirs. — 487 juïse. — 815 Ches. — Bei den Lesarten fehlt: 431 ia le maustie (?) doneit. — Varianten: 370 fehlt cercie, 891 main. — S. 22, Z. 8 v. u. ist vor „faure" die Ziffer 1198 einzutragen; ebend. Z. 7 v. u. ist 1199 zu lesen.

DE SAINT ALEXIS.

I.

   Plaist vous a escouter d'un saint home la geste
La cui euvre fu tant et saintisme et honeste
Qu'apres la mortel vïe en conquist la cheleste?
Chil ber soufrit por Dieu dou siecle la moleste,
5 Povretet, fain et soif et misere et tempeste,
De cui or font el chiel li saint angle la feste.

II.

   Cui Dieus a donet sens qu'il tort vers moi s'oïe,
Et si apoint son cuer a entendre la vïe
De chelui qui por Dieu soufrit tante hascie
10 Et deguerpit en Rome itant grant signorie
Con vous assés orés, mais qu'il soit qui vous die.
Che fu tote s'entente et il n'i falit mïe,
Car au regne dou chiel vot avoir sa partie;
Primes i a sa voie et sa porte esteblie
15 Et sa lampe alumee et tos tens bien garnie
D'oile qui la bone euvre qu'il faisoit senefie,
Et . . . tos dis qu'il l'ait aparillïe
Et encontre l'espous luisant et esclarchie.
Droit cemin tint vers Dieu qu'ains ne fist departie,
20 Car fois et loiautés qui les autres i guïe
Tint tos tens avec soi et porta conpagnie.
Virginitet la belle, la blance et la florie
Ot tos jors con s'espouse et maintint con s'amie.
Des or mais vous dirons qués en fu la finie:
25 Bon exemple i puist prendre chil qui en Dieu s'afie!

III.

   De Rome fu li sire dont je vous ai mostret,
Nés de grant signorie et de haut parentet.
Gentieus hom fu ses peres et de grant ricetet,
Si con dist li escris u nos l'avons trovet.
De trois mile sergans le tint on a caset
Qu'en trestos n'en ot un de si grant povretet
Ne portrast dras de soie, vers, vermel u roet
Et chainture d'orfrois et ermin engoulet.
Eufemïen l'apele chist qui 'n dist veritet,
Crestïens fu vers Dieu de grant humilitet
Et sages hom dou siecle des lois de la chitet,
Ne as emperëors n'ot prinche plus privet
Ne de plus haut consel, ne de tel dignitet.
Espouse ot bone et belle et de grant neteet;
Maint an furent ensanble par la Dieu volentet
En foit et en amor et en grant loiautet
Qu'il ainc n'orent enfant, si lor fu destinet,
Qui apres iaus fust sire de lor grant eritet
Selonc lor haut lignage et lor nobilitet.
Et quant Dieus ne lor done, mout en sont contristet,
Mais de sa grant merchit ne sont pas desperet:
De Sarra lor ramenbre, de sa sterilitet,
Cui Dieus dona un fil en son derain aët,
De cui fu li lignages dont assés est parlet
Dou fil saint Isaïe, de David le senet,
De la virgene Marie qui ot si grant bontet
Que Dieus en daigna naistre qui le mont a sauvet,
D'Elisabeth la vielle, Zacharie le barbet,
De saint Jehan lor fil qui tant ot demoret,

---

* Fol. 125ᵈ·

3 la morte uie P. — 5 Poureteit et mesaise fain
et soif et tempeste O. — 6 De cui ce f. P. — 7 sens
za t. O. — 8 Et enpoinge s. O. — 9 tante hahsiere O. —
13 Kil del regne O. — 14 Enuers i. P. — 17 Et en
nos uet tos dis quil P. — 18 A lentree de la porte l.
P. — Für 14—20 hat O die folgenden drei Verse:
Primes i at sa porte et sa uie establie ‖ Et sa lanterne
ardant el chemin esnolie ‖ Qua lencontre lespos li soit
aparilhie. — 20 foiz et cariteiz O. — 22 u. 23 fehlen
in O. — 24 la fruie P. — 25 qui a d. P.

* Fol. 126ᵃ·

30 De .III. cent cheualiers P. — 32 soie et uers
et pailles roes P. — 33 et ermins engoules P. —
34 cist qui dist P. — 36 hom fehlt in P. — 42 Ke
ainc . . . fut ordine O. — 43 Ke statt Qui O. —
47 ramenbre por estre erite P. — 49 fut la linie d.
O. — 50 Des saint (sic) Israel de D. O; — Del fil saint
Israel de P. — 51 Marie et de sa grant O. — 52 Donc
cil deus deniat n. O. — 54 fehlt in P; in O steht
Hohan statt Jehan. —

Par cui Dieus commencha sainte crestïentet
Et selonc son baptesme a le mont renovet.
Quant voient qu'autres fois i a Dieus si ouvret
Par le merite a cheus quil servirent a gret,
El serviche de Dieu ont tot lor cuer uset
Qui trestote nature mue a sa volentet.
Sainte esperanche i prisent s'i sont mout confortet,
Car de Dieu a servir sont mout entalentet,
De faire grans aumosnes ne sont pas oubliet.
As glises et as povres font mout grant largetet,
De messe cascun jor ne sont asëuret,
De proiier nuit et jor se sont mout ahanet;
De juner, de villier se sont tant fort penet
Que tot en sont lor vis paile et descoulouret.
Mais Dieus li bons, li pius ne l'a pas refuset
Le serviche qu'il font de cuer par veritet,
Car selonc lor proiiere lor a un fil donet
Qui tant fu sainte cose qu'a paine iert racontet.
Plus grant joie ot li peres le jor qu'il le vit net
Que s'on l'euwist tot droit de l'empire fievet.
Ses mains tendit au chiel, de joie en a ploret,
En plorant en merchie le haute deïtet;
Car voit que son serviche nen a pas dejetet.
Puis fist metre l'enfant sor un porpre listet,
Au mostier l'en porterent si l'ont Dieu presentet
Et puis el saint baptesme crestïen consecret,
Alexis l'apelerent, ensi l'ont confermet.
La prist le jor li enfes vers Dieu establetet,
Bien i sont li parin de lor foit aquitet,
Car puis se maintint si tos jors en honestet
Con chil cui sains Espirs ot le cuer alumet.
Bone fu la doctrine dont il l'a escolet,
Car au serviche Dieu ot tos jors son penset.
Or commenche la vïe de che bon ëuret
Comment il a vers Dieu et vers le siecle erret.

------

* Fol. 126ᵇ·

55 commenza sa crestianite O. — 56 mont renouele
P. — 57 foiz at ja deus O. — 58 in P fehlt a nach
merite; O hat qui statt quil. — 59 fehlt in O. —
60 Et qui tote n. O. — 61 Grande e. i pristent (sic)
sen s. O. — 64 A eglise et O. — 66 nuit et di O. —
69 nen at pas r. O. — 70 Lor seruise … et en uerteit
O. — 73 lo ior cant O. — 74 droit del regne assegureit
O. — 75 Tendit ses mans al ciel O. — 76 la halte
maiesteit O. — 77 Kor v. O. — 78 fist prendre l. O. —
80 Et puis del s. P; dagegen O: Puis lont el s. —
82 dieu estabilite P; — li enfes saproiere bonteit
O. — 83 Bien en s. O. — 84 Car puist se P. —
85 espirs at lo c. O. — 86 il a escole P; — il lat
enscoleit O. — 88 Or commencha P; — commencet la
uie de cel b. O. —

IV.

Quant li enfes fu tés que il le pot soufrir,   90
Li peres le fist bien con a sa loi vestir;
A l'escole l'envoie por les livres oïr
Et des letres aprendre et son sens esbaudir
Por chou que il mieus sace Dieu conoistre et jehir;
Et li enfes se paine tos tens dou retenir   95
Chou dont il le puist mieus honorer et servir
Et de son cors demaine droit sacrefiche offrir,
Ses commans a entendre et sa loi a conplir.
La grans amors de Dieu li fait si eslaidir
Tote l'onor dou siecle quanqu'il i puet coisir,   100
Tot li sanble folie quanque il voit bastir.
Mout tient chelui a fol cui i voit orguillir
D'onor qu'il ne pora a tos jors maintenir.
En son cuer a penset, mais nel veut descovrir
Por corechier son pere et sa mere marir   105
Que il trestot le siecle veut a laron guerpir
Et casteet garder et tos jors maintenir
Et foit et esperanche et commans Dieu tenir
Et tot enpoindre a Dieu son cors et son espir.
Puis qu'ot passet dis ans, garda soi de mentir,   110
Tot departoit as povres quanqu'il pooit tenir.
Leus li vint tés novele qu'il ne vosist oïr,
Car ses peres li rices qui mout a a baillir   *
Li veut doner mollier et de s'onor saisir
Et trestote sa terre faire a lui obeïr.   115

V.

Or voit Eufemïens de son fil la valor
Qui si croist en biautet, en bontet, en vigor;
De tote honeste gent le tient on a millor
Qui soit en tote Rome dou grant jusqu'el menor.
Puis le voient et sage et large donëor   120
Et a la povre gent respondre par amor;
Neporheuc en son cuer maine si grant labor
Que peu passe de jors ne voist en un destor.

------

* Fol. 126ᶜ·

92 por des letres o. P. — 94 conoistre et seruir O. —
95 toz iors O. — 96 Ce dont il poust miez deu ameir
et s. O. — 98 Et ses cōmanz atendre O; — sa loi a
enplir P. — 100 del secle cant kenz p. O. — 101 folie
cant kenz i. v. O. — 103 Lonor quil at toz iors ne
porat m. O. — 104 mais il nel uult gehir O. — 107 et
carite tenir P. — 108 fehlt in O; — esperance de c.
de tenir P. — 110 und 111 fehlen in O. — 112 Puis
li O. — 113 Ke s. p. l. r. qui mut sen pot ioir O. —
115 fehlt in P. — 118 De totes honestes lotient O. —
121 par dulzor O. — 122 Mais por heuc P; — Mai
(sic) par huec e. s. c. mainnet tant g. O. — 123 iors
ke il a dū ne plor O. —

A orison se couce et a larme et a plor,
125 Dieu proie de bon cuer par sa vraie douchor
Qu'il de mort le defende, qu'il ne caie en error,
Que de chou qu'a promis ne boist son creator.
Li peres se recorde, mort sont li anchessor,
De cui il a sa terre, sa ricoise forchor,
130 Ne il n'a que chel fil, si pense et nuit et jor
Que mollier li donra que pora belisor
Et de plus haut lignage et de plus douche amor,
Dont Dieus li doinst tel fruit qui maintigne s'onor.

VI.

Quant ensi ot li peres aficiet son penser,
135 Aglaël sa mollier l'a pris a raconter:
„D'Alexis, nostre fil, que mout poons amer,
A lui pens des or mais; i a biel baceler,
Querre li vuel mollier et ma terre doner."
La mere quant l'entent, jus se laisse avaler,
140 As piés li vait de joie si commenche a plorer.
„Sire", che dist la dame, „Dieus t'en puist conforter
Que la nostre lignie puist par lui raviver."
Or ne s'atargent mais de lor plait a mener,
Tel puchelle li quisent qui mout fait a loer
145 En totes les manieres qu'on i veut demander,
Dou lignage un de cheus qui Rome ont a garder;
Cortoise ert, preus et sage, sousiel n'avoit son per.
Li parent d'ambes pars les font entr'afier,
Puis assisent un jor por che plait afiner
150 Et por le haut lignage venir et assanbler.
Le jor i ot grant joie quant vint a l'espouser,
Partot puet on oïr ches vïeles soner,
* Harpes, rotes et lires et frestraus demener,
Gigues soner en haut, cantëors orguener.
155 Devant saint Bonefache les fisent coroner,
Selonc la loi de Rome les ont fait ajoster,
Beneïr et sainier, loiaument espouser.
Puis font par le palais chent chierges alumer,

As maistres dois se sisent li demaine et li per.
Tant fu rices li plais, ne vous en quier fauser, 1
N'i falit nule riens quanque on puet penser.
A grant joie ont le soir recbēu le souper,
Mais assés aront duel le matin a disner,
Tote revertira lor grans joie a plorer.

VII.

Le soir i ot grant joie as noches commenchier, 1
Quant des dois sont levet li baron cevalier,
Li peres fu cortois, n'i ot que ensegnier,
De la gent et dou peule fait le maison vuidier;
Puis commande Alexis son fil qu'il voist coucier
En la canbre o la virgene, s'en fache sa mollier. 1
Li dansias quant l'entent, ne s'en fait pas proiier,
Car mout crient en son cuer son pere a corechier.
En la canbre s'en entre, mais il euïst plus cier
A estre outre la mer a la loi d'aumosnier
Et si povres d'avoir qu'il fust a mendiier. 1
Sa maisnïe en renvoie quil vuelent descauchier,
Dist ne veut que ja hom soit a son despoulier,
Seus remest en la canbre, cheus en fist repairier.
La canbre fu mout gente si con por tel mestier,
Portendue ert de pailes et de rains d'olivier, 1
Joncïe fu par terre de fuelles de lorier,
De roses et de lis i ot plus d'un sestier
Et de rices espeches por l'odor enforchier,
Mout fesist a autre homé le corage eshauchier,
Et li lis ert tant rices et tant fait a proisier, 1
Ne vous en sai les los ne les pris desraisnier,
Et la virgene ert tant belle, qui le vist blancoiier
El lit u ele atent son forcheur desirier,
Mout euïst cuer de pierc u de fer u d'achier
Cui ne presist talent dou siecle a essaiier. 1
Mais Alexis li enfes a pris tel consillier
Qu'il n'i veut pas son cuer torner ne apoiier. *

---

* Fol. 126ᵈ·

124 u. 125 fehlen in O. — 126 Ke del mont lo garisse
O. — 127 Et de ce kait p. O. — 128 sunt soi a. O. —
129 sa ricoise francor P. — sa richise forzor O. —
130 Ne il nat mais denfanz si O. — 134 Quant cou
entent li peres si commence a penser P. — 135 mollier
le prent P. — 137 Ai pénseit desormais O. — 139 ius
sen l. O. — 140 piez len uait de O. — 142 lignie par
lui puist r. O. — 143 satargent mie O. — 145 les
mesures cum ia uult d. O. — 146 Del lin lempereor qui
Rome at a O; — a fehlt in P. — 147 u. 148 fehlen
in O. — 149 por lor (sic) plait O. — 150 por lur halt
O. — 151 Lo soir i O. — 152 uieles canteir O. — 153 Rotes
harpes et O. — 156 fehlt in P. — 157 loialment
consecreir O. — 158 le pais P. —

* Fol. 127ᵃ·

159 Al maistre deis lenguient cil demaine et cil peir
O. — 160 quier fabler O. — 161 cant com pot desireir
O. — 164 Tote rauertistrat lor O. — 166 sunt leueit
cil b. O. — 172 fehlt in O. — 173 En cambre sen
uait O. — 174 „A" fehlt in O. — 175 Issi p. O. —
176 qui le uellent P. — 177 Ke ja soit hom O. —
179 cum a teil O. — 180 de flors doliuier P. — ert
fehlt in O. — Für 182—189 hat O die folgenden 5
Verse: Liliz par fut tant riches et tant fist aprisier | Ne
uos en sai lo pris ne lo los desrainier | De tantes bones
speces font lodor enforcier | Mut feist a altre home lo
corarage (sic) haltier | Et la uirgene ō tant bele qi la
ueist blanchier. — 189 cuer de fier et de pierre et
dacier O. — 191 pris cel c. P. — 192 ne aploier
O. —

Devant el pavement se vait agenoullier,
A la terre se couce, Dieu commenche a hucier
5 Que la nuit le garisse de si fort destorbier,
Dou siecle dont il tant se voloit escachier,
Que li cuer ne li mente ne nel puist engignier.
Or pense li sains enfes, trop se puet atargier,
Que fuir l'en convient et la terre vuidier,
0 Se il se veut dou siecle garir ne delaiier.

VIII.

Li enfes en la canbre desor le pavement
Proie Dieu et aeure, mout pleure tenrement.
Mout par est anguosseus selonc cho que il sent,
Car s'il s'en fuit de Rome, bien set a eschient
5 Grant duel fera son pere et sa mere ensement;
Mais de chel ewangile li ramenbre sovent
Que chil trueve lisant qui des letres entent,
Si comme Dieus parole et castoie sa gent:
Qui plus aime ne pere ne mere ne parent,
0 Fil ne mollier ne terre, honor ne casement
Que moi, dist nostre sire, ne mon commandement,
Il n'est dignes de moi ne a moi ne s'atent.
Sains Alexis i pense dou cuer parfondement,
A tant s'est sus levés, mout s'afice forment,
5 A pere ne a mere n'ara mais son entent,
Tot le mont guerpira, Dieu prendra a garant.
Devant le lit s'assist sor un siege d'argent,
Les cies de la chainture trence isnelement
Et si prist son anel tot porpensëement,
0 A l'espëe le trence, l'une moitiet en prent,
Torna vers la puchelle si l'en fist un present.
„Rechevés", fait il, „belle, par droit confortement
Les cies de ma chainture, et de mon anel gent
Vous doing l'une moitiet, gardés le bonement,
5 Et je garderai l'autre acoragïement.

———————

193 Deuant a p. P; — p. sen uait O. — 196 tant
soi uoit en caciier (?) O. — 198 sainz hom O. — 199 A
fuir O. — 200 ne delacier O. — 202 aore priet mut t.
O. — 204 Rome ce seit O. — 205 pere et sa mere et
sa gent O. — 206 Mais dicele e. O. — 207 u. 208 fehlen
in O. — 210 Ne terre ne mollier onor ne c. O. —
212 Non est d. O. — 213 fehlt in O. — 217 Deuant
son l. O. — 219 Et at pris s. a. mut p. O. — 220 fehlt
in O. — 222 droit confermement O. —

Für 223—256 hat O nur die folgenden Verse:
Del grant espos celeste qi en ciel uos atent (244)
Ke dī soit entre nos la cui amurs ne ment (246)
Del pechiet uos garisse qi tot lo mont sorprent (247)
Puis sen uait de la cambre mut esploitosement (fehlt in P)
Mut soi met en grant paine tot change son iovent (255)

Belle suer, menbrés vous de nostre espousement,
Por Dieu vous pri, le voir, a vivre castement
Et que il vous sovegne de vo enloiement
Comment somes ensanble par le saint sacrement;
Or nos joignnons a Dieu par bon entendement, 230
De bien faire pensomes, de vivre justement. *
Chis siecles est mout faus, plains de favoiement,
Vils est et dechevables, mortés a tote gent.
Perileus, dechevables, fols est chis qui s'i prent;
Sa ricoise et s'onor et son deduitement, 235
La joie que il mostre revient a plorement;
Chil qui trop s'i aaise, torne a destruitement,
Car la joie dou chiel pert pardurablement
Et prent sans fin ostel en infier le puslent.
Belle suer, car creés chest mien castiement, 240
Des viches de chest siecle aiés astinement,
Dieu espouse soiés si errés loiaument,
Cascun jor en vo cuer aiés ramenbrement
Dou grant espous cheleste qui el chiel nos atent.
Et g'irai sauver m'arme, se Dieus le me consent, 245
Et Dieus vous doinst bien faire la cui amors ne ment,
Dou peciet nos garisse qui tot le mont sosprent;
Et Dieus quant jugera le siecle au jugement
Nos doinst ensanble glorie, el chiel herbrigement.
**Quant la puchelle l'ot, ne li respont noient 250
A quanque il a dit, ains i pense forment;
Casteet a tenir li enfes li aprent,
De devine escripture biaus sermons li despent.
Tos sanble esperiteus, n'a dou siecle talent,
Mout se met en grant paine, tot cange son jovent. 255

IX.

Es les vos en la canbre ambes deus enfermés,
Tot droit devant le lit se sieent lés a lés,
Se chele fu honteuse, et chil fu plus assés.
Li ber sains Alexis fu forment trespensés,
Ne set que il puist faire, tant par est esgarés, 260
Por chou que il estoit des letres bien fondés
Et que il set dou siecle et de Dieu les decrés,
Crient que tel rien ne fache dont tos jors soit gabés;
Mout porpense et engigne comment soit desevrés,
Bien set en son corage qu'il en sera dampnés 265

———————

* Fol. 127b.
Die Verse 256—312 fehlen in O. —
**Nimmt man an, die Verse 250—312 seien mit
Ausnahme von 255 interpolirt, so folgt nach 249:
Puis s'en vait de la canbre mout esploitosement (aus O),
Mout se met en grant paine, tot cange son jovent (=255).
Hieran schliesst sich Laisse XI, v. 512.

Se de sa casteet est ore deflorés
Qu’il promist a garder, ja ert lons tens passés.
Quant che vint a grant pieche qu’il fut bien porpensés,
Si regarda s’espouse et dist: „Or m’entendés,
*270 Belle, tres ciere amie, por Dieu car me creés,
Chis siecles est mauvais si comme vous savés
Et cascun jor enpire, ch’en est la verités.
Prometés Damredieu que tant con vous vivrés
Par moi ne par autrui vostre virginités
275 N’iert enfrente a nul jor; bon leuwier en arés,
Car o les autres virgenes iert vous ciés coronés.“
Chele dist: „Volentiers, si con vous commandés,
Mais que vous ensement autretel me tenés.“
Che dist sains Alexis: „Donques le m’afiés.“
280 „Volentiers“, che dist ele, „or la foit le prenés“.
Il le prent et la soie li rafie delés.
Quant les fois s’ont donees, Alexis s’est levés
Et a dit a s’espouse: „Vo congiet me donés!“

X.

„Sire“, che dist s’espouse, „u volés vous aler?“
285 „Belle“, che respont il, „nel vous quier a cheler,
En une estragne terre por mon cors deserter;
Car en saint ewangile oi saint Jehan conter,
Qui trestot ne laira por Damredieu amer,
Pere et mere et enfans et sa demaine per
290 Et parens et avoir, ne se pora sauver
Ne el regne dou chiel avec Dieu habiter;
Poons nos en nul sens chel commant trespasser?“
(Puis a prise s’espee por son anel coper;
(Quant l’ot parmi copet si le prist a mostrer.
(295 „Belle, l’une moitiet vous vuel or commander
(De chel nostre anelet, l’autre veu ge garder,
(Et quel part que je voise, le vuel o moi porter.
(Ne ja mar creés home, viellart n’a baceler,
(Que il mort m’ait vëu n’a terre ne a mer,
(300 S’il ne puet cheste piere a la vostre soder,
(Ne ja n’en aiés cure a amer n’a parler
(Por cose qu’on vous puist prometre ne doner.“)
A icheste parole sains Alexis li ber
S’en est alés vers l’uis qu’il le vot deffremer,
305 Quant chele li ceurt sus, sel prent a acoler,
Entre ses bras la dame se commenche a pasmer.
Quant le voit li sains hom si commenche a plorer,
Ja vëissiés tel duel quant vint a desevrer,
** Il n’a sousiel nul home tant pëuist sermoner

Qui vous desist avant, tant se pëuist pener,   8
Le duel qu’ele demaine quant l’en voit si aler.

XI.

Or s’en vait li dansias n’i veut plus demorer,
Et vint a son tresor la u il sieut aler,
Tant prist de son avoir que il en puet porter.
Puis est partis de Rome n’i veut mais demorer, 8
Tote nuit ne fina dans Alexis d’aler
Et le jor el demain ne vot ainc arester.
Tot droit au port de Caples est entrés en la mer
En une nef garnie qui s’en devoit passer
Outre el regne de Sire por avoir acater.   3
Tant keurent nuit et jor par oscur et par cler
Qu’au droit port a Laudiche entret sont en la mer.
Assés ara ses peres des or mais a plorer
Et sa mere et s’espouse a plaindre et doloser.

XII.

Quant li sains enfes fu de la nef deschendus, 3
La nuit vint a Laudiche, el main s’en est issus;
Tost s’en fuit de la vile qu’il n’i soit conëus
Et trespasse de Sire tertres et puis agus.
Tant vait par ses jornees qu’il ne fu retenus,
Qu’a paine et a travall est a Rohais venus,
La trova une image dont Dieus fait grans vertus.

XIII.

Es vos dant Alexis dedens Rohais entret,
La trova une image de grant autoritet
Dou fil Dieu Jesu Christ qui siet en maiestet,
Si con li anchessor le vous ont racontet,
Ainc ne fu faite d’ome carnelment engenret,
Li fius Dieu le tramist un roi de la chitet,
Abgarus ot a non de si grant dignitet
Con li escris raconte u nos l’avons trovet.

------

* Fol. 127c.
** Fol. 127d.

266 sa caste est ore li d. — 280 or endroit (?) le. —
289 et sa bone per. — 297 noise ie uel. —

311 uoit aler. — 313 Et uait a. s. t. u il soloit aleir O. —
313 son tresor P; — son auoir cum il en uolt porter O. —
315 ni uolt giens demorer O. — 316 u. 317 fehlen ir
O. — 318 droit a port P. — 319 qui se deuoit O. —
321 curent ior et nuit O. — 322 alandize font la ne
arriueir O. — 323 u. 324 Asseiz aurat ses peres qu
mut le puet ameir ǁ Et sa mere et saspouse desormai
a ploreir O. — 324 senspeuse plaindre et adoloser P. —
325 fu fors d. l. n. issus P. — Für 326 u. 327 ha
O nur folgenden Vers: Tost soi part de Landize qui
ni soit coneguz. — 328 de sire et valz et O. — 32!
iorneis kainc ne O. — 332 Auos saint Alexis O. —
334 qui siut en O. — 337 dieu Jesu Christ le P. —
338 Abagarous ot non P. — 339 Ke li O. —

Quant li sains hom le vit, Dieu en a aouret;
Or pense de che liu que Dieus li a mostret
Ne s'en movra en pieche selonc sa volentet.
Mais ichil ewangiles li est mout en penset
Que Dieus a ses deschiples a dit et confermet:
Qui veut suïr ma trache de cuer par veritet
Soi meïsmes renoiet, ricoise et poëstet,
Et si prengne sa crois et si ait povretet.
Quant il voit que li povre sont si bon ëuret,
Que Dieus lor a donet si grant benignitet,
Que lc regne dou chiel lor a abandonet,
Povres desire a estre tot por sa sauvetet.
Dont regarde vers soi si a mout souspiret
De l'avoir que il a avec soi aportet,
Se tient mout envers Dieu de peciet enconbret.
Trestot l'a leus vendu, cangiet et desborset,
Puis l'a donet as povres par si grant largetet
Qu'ainc n'en retint o soi un denier monaët.
O les autres mendis s'est mis tot de son gret;
Or a ensi vers Dieu son cuer asëuret,
Nel i verra mais hom trescangiet ne muët.
D'un diemance a autre a son tens ordenet
Qu'il rechoit corpus domne par grant humilitet;
De juner, de villier a si son cors penet
Que taint en a le vis, paile et descoulouret.
Ja n'iert mais reconus en trestot son aët
A pere ne a mere ne a sergant privet
Deschi que en son regne l'ara Dieus coronet.

XIV.

Or est sains Alexis a Rohais con mendis;
Grant duel en a en Rome a trestos ses amis
Quant il par la chitet l'ont tant cherciet et quis
Qu'il ne sevent vretet vers quel part il s'est mis.
Li peres le fait querre par tot l'ample païs
Et par terre et par mer et par nuis et par dis.
Quant n'en oient novele si se claime caitis,
Ja n'en ara mais joie ensi l'a entrepris
Deschi que il sara s'il est u mors u vis.

---

340 uit si a dū adoreit O. — 344 fehlt in O. —
345 de cuer et en ueteit (sic!) O. — 349 Cant dū lor
at donet issi grant fealheit O. — 350 fehlt in P. —
351 fehlt in O; — desires a estre tot p̄ sauete P. —
352 Dont r. uers dieu si P. — 359 at issi uers dū
O. — 362 Recoit corp⁹ dni P. — 364 Ke tanten at lo uis
taint et d. O. — 365 mais coneguz O. — 367 fehlt
in P. — 368—377 fehlen in O. —

XV.

Mout est dolans li peres, n'i a que corechier,
Quant il nen ot novele de son grant destorbier.
A tant de ses sergans con il vot atirier
De tos ses millors homes qui mout l'avoient cier 380
Le fist par tot le mont et requerre et chercier,
Si lor proie por Dieu mout fort a esploitier.
Chil en passent la mer sans nesun destorbier,
Puis se metent a terre n'i vuelent atargier
Par le regne de Sire tot le cemin plenier.   *385
Sont venu a Rohais, droit devant le mostier
Troverent lor signor u tenoit un sautier.
Il les conut mout bien quant les vit aprocier,
Le cief bronca vers terre et si se traist arier,
Et proia Dieu dou chiel qui de tot puet aidier 390
Que conoistre nel puissent si pere mesagier.
Tant a la car penee de son cors travillier,
De juner et d'orer, de pener, do villier
Que tote sa sanblanche li fait si fort cangier,
Ja n'iert mais conëus ne l'en estuet gaitier   395
A pere ne a mere, n'a sergant n'a mollier:
L'aumosne li donerent con a autre aumosnier.
Quant il l'a rechëue, mout s'en prist a haitier,
Damredieu en aeure qui tot a a jugier
De chou qu'as sers son pere li lait le pain proiier. 400

XVI.

,,Biaus sire, Jesucris, voirs Dieus en trinitet,
Peres et sains espirs, trinus en unitct,
Vrais Dieus et parfais hom qui le mont as sauvet,
Rachine de tot bien et confors de bontet,
Graches te reng et los de tot mon bon penset 405
De chou que ta pitiés a si en moi ouvret
Que jo as sers mon pere qui sont de m'eritet
Me sui fais aumosniers por toi tot de mon gret;
Se il ne m'en conurent, de che m'est plus amet.“
Puis se retraist ariere s'a le cief enclinet,   410
Avec les autres povres s'en vait par la chitet
A l'aumosne proiier de la Dieu caritet.

---

377 ni ot ke c. O. — 378 Quant il noët n. P; —
de son grant deseier O. — 381 et querre et c. P. —
382 Etsi lor prie mut por dū del e. O. — 383 Cil soi
p. O. — 384 metent uerterre Q. — 387 Trouuerent
son s. O. — 388 conut tres b. O. — 390 Et priet damridū
qui O. — 392 la car mueie de O. — 393 de paune (?)
et de uoilier O. — 396 ne serjant na m. P; — a serjant
ne m. O. — 398 il a . . . se p. P. — 400 Cantil as s.
O. — 401 Biax peres P. — 404 de toz biens O. —
405 de trestot mon penseit O. — 406 ta pietes P. —
408 de fehlt in P. — 410 fehlt in P; — arriere sait
l. O. — 412 As almosnes O. —

XVII.

Li sergant s'en retornent quant ne l'ont raviset.
Tant l'ont par tote terre et quis et demandet
415 Que lor drap nuef et fort sont viés et depanet.
Ariere se repairent dolent et abosmet
Et plorant et iriet quant il ne l'ont trovet.
Trestot par autre voie qu'il ne fuissent tornet
Sont repairiet a Rome confus et tot lasset,
420 Content a lor signor tot con il ont alet
Et chercie la terre et en lónc et en let
Deschi qu'en Babilone el regne defaët,
Qu'il n'i a port de mer ne pont sor flun levet
N'en aient tot enquis selonc lor poëstet,
425 Nel sevent mais u querre, tot en sont desperet.
Li peres quant cho voit n'en sara veritet,
Entre lor mains se pasme, tant a le cuer iret.
* Mout se claime caitif, dolent, mal ēuret,
A ambes mains detrait sa barbe au poil meslet.
430 „Biaus sire, Damredieus, vrais rois de maiestet,
Comment l'a je perdu? Ja le m'avois donet.“
„Dolente“, dist la mere, „peciés le m'a enblet“,
Sanglante sa maisele, son cainse depanet,
Desronpue sa crisne, son cief escevelet,
435 Se gaimente et dolouse, con ait cuer desevret;
Mout sovent i regrete les sens et la biautet
Que Dieus a mis en li et la grant honestet.

XVIII.

„Biaus fius“, che dist la mere, „con or sui contristee!
En quel dolor as mise ta mere l'esgaree!
440 Ja mais tant con je vive ne serai confortee,
Ne ne vestirai porpre ne ma ciere lavee,
Ne mes cors achesmés ne ma canbre paree,
Mais en sac et en chendre plorrrai ma destinee
De la grant esperánche que Dieus m'avoit donee
445 Qui si tost m'est falie et a noient tornee.“
„Amis“, che dist s'espouse, „con m'avés desperee,
Mout par a nostre joie trop corte la duree
Qu'onques l'amors de vous ne fu vers moi privee,
Mais si virgene puchelle con sui de mere nee
450 Serai de vif marit veve feme clamee.“

XIX.

Es vos mout grant le duel et le plor et le crit
Au pere et a la mere qui l'avoient nourit
Et a sa gente espouse qui nel mist en oublit.
Puis s'en vont en la canbre qu'ainc n'i quisent respit,
N'i laissierent dossal, cordine ne tapit,
Ne paile ne orfrois ne chendal ne samit:
Tote le despoulierent comme liu enermit,
Partot geterent chendre, puis si ont establit
Que ja mais en lor vie ne giront en un lit,
Ne n'averont ensanble nesun carnel delit.
L'espouse en jure Dieu qui Tobie garit
Et Sarram conforta et castia David
Que ja mais conpagnie n'ara d'autre marit,
Ains ratendra chelui dont a le cuer marit
En la canbre demaine la u derain le vit
Deschi qu'ele sara s'il est mors u il vit.

XX.

Mout demaine grant duel li vieus o sa mollier
De lor fil qu'ont perdu, de lor graut destorbier.
Tel duel en a s'espouse tote cuide esragier,
Se maisnie le pleurent qui mout l'avoient cier,
N'i a chelui ne pleure qu'on nel puet rehaitier,
Mout detordent lor mains si prenent a hucier:
„Biaus sire, Jesucris, con nos vas abaisier!
Por coi nos as tolu le millor consellier
Et le plus douch signor et le plus droiturier
Qui soit remés en Rome et le plus bel parlier?
Nus ne puet sa bontet el mont aparillier.“
Mais ichou que lor vaut? Quant tot a mis arier
La ricoise dou mont, n'i ont mais recovrier,
Car il est en Rohais a guise de paumier,
A loi de peneant siet devant le mostier,
Le cief baise vers terre por son cors travillier
La proie nuit et jor por le mont esclarier

413 Li s. se rapairent P. — 416 A. sen r. O. — 417 Et
dolant et O. — 418 par altres uoies O; — ne soient t.
P. — 419 rome tot confus et l. O. — 424 Nos tot enquis
naions selonc no p. P. — 425 Nel sauons . . . en sons
d. P. — 432 Chaitiue dist la mere cal ma pechiez
embleit O. — 433 Senglentes ses mameles s. O. — 434 sa
scrine O. — 435 cuer forsenet O. — 436 regrete lo s.
O. — 438 sui constritee P. — 440 Juer (?) mais t. O. —
442 und 444 fehlen in P. — 447 ioie eut curte dureie O. —

451 Auos O. — 453 nel met en O. — 454 cambr[e]
qil ni mistrent respit O. — 455 lasierent de bie
c. P. — 457 liu en erbi P. — 458 puis si sunt e
O. — 459 Mais en tote lor uie O. — 460 Ne aueron
P. — 461 en fehlt in O. — für 463—467 hat F
die folgenden vier Verse: En la canbre demaine
de li departi || Atendra mais o duel Alexin son ami
Desque la uerite en aura desenti || Se il est mors u ui
u reuenra a li. — 468 grant deseier O. — 469 en fai
lespose tote enquide enragier O. — 470 lo plangner
O. — 471 pleure ne se puent r. P. — 473 nos aue
abaisies P. — 475 fehlt in P. — 479 del secle O. -
480 guise dalmonier O. — 481 peneant siut si d. O. -
483 nuit et di por lo mont resplaidir O. —

Por les pecies dou siecle qu'il voit montepliier,
Que Dieus sa creature garisse d'enconbrier
Et des mauvais engiens au felon avresier,
Qu'au grant jor de juise quant Dieus venra jugier
En paradis cheleste se puissent herbrigier.

XXI.

A Rohais est li sire si con avés oït,
Grant duel en a en Rome et grant plor et grant crit,
Le deduit de la terre a tot mis en oublit
Et son pere et sa mere qui l'avoient nourit
Et sa mollier la gente qu'ainc belisor ne vit,
S'onor et tos ses homes qui por lui sont marit,
Tot a por Dieu amor et laissiet et guerpit,
En juner, en orer a tornet son delit,
Dou pain que on li done mangüe assés petit,
Ains le depart as autres sans nesun contredit,
Plus n'en retient o soi ne mais qu'a paine vit,
Car il le fait por Dieu, bien li sera merit.

XXII.

Es vos dant Alexis a Rohais con frarin,
Ne porte mantel vair ne pelichon ermin,
Ne bliaut de chendal ne cemise de lin:
Mais la haire vestue, descaus piés a tapin
Siet devant le mostier a loi de pelerin.
Les aumosnes mangüe mais ne gouste de vin;
Chel commant d'ewangile tient sovent a voisin
Que on trueve lisant en un livre devin,
Et par nuit et par jor est en grant deschiplin,
S'il a hui a mangier ne pense dou matin,
N'amonchiant pas deniers ne argent ne or fin,
Tot chou que on li done la u siet el cemin
Rent si as autres povres, n'en retient romoisin
Mais por la sostenanche de son cors le frarin
Que il se mist por Dieu a conroit mout povrin.
De bon cuer proie Dieu et tient le cief enclin
Quil ait merchit dou peule quant li mons prendra fin.

XXIII.

Entre la gent dou siecle de peciet enbrasee,
A Rohais la chitet outre la mer salee,
En itel penitanche con avés escoutee
Estuit sains Alexis en sa vïe privee
Dis et set ans entiers qu'ainc n'en falit jornee
Que n'i fu sa bontés a home revelce.
Mais issi grant lumiere qu'en lui ert alumee
Ne puet mïe estre a long sous le mui esconsee;
Et quant Dieus ne veut mais qu'ele soit plus chelee,
S'en fist tel demonstranche qui assés fu provee.
Une image mout belle ert el mostier posee
El non sainte Marie et faite et figuree
Por l'amor au saint home l'a Dieus enluminee,
Parler le fist con feme qui fust vive et senee,
Le songretain apele un main a l'ajornee:
,,Va querre le saint home la cui euvre est provee,
El chiel o les sains angles est sovent recordee,
Fai le entrer el mostier sans nule demoree,
Bien est dignes qu'il ait de paradis l'entree,
Et la porte dou chiel li est abandonee,
Car la siuwe orisons est a Dieu tant amee,
Plus li rent bone odor que n'est mirre enbrasee,
Sains Espirs est en lui par cui s'arme iert sauvee."

XXIV.

Quant ot li sougretains l'image si parler,
Mervilliés s'en est mout, Dieu commenche a loer,
Puis ist fors dou mostier n'i veut plus demorer,
Le saint home vait querre mais nel set raviser
Ne conoistre par vis ne des autres sevrer.
El mostier se repaire quant il nel puet trover,
Et vint devant l'image, se prist a souspirer,
A la terre se couce joste un marbret piler,
Sovent bat sa poitrine si commenche a plorer,

---

* Fol. 129ᵃ·

484 Par les O. — 486 felon dauersier O. — 487 ior del iuise O. — 490 en at a R. O. — 491 de sa t. P. — 493 gente ainc plus bele ne P. — 494 Son onor et ses homes O. — 497 Ke lom li done manjoit a. O. — 498 Az lo d. O. — 499 soi mais tant kapaine en uit O. — 500 Mais sil lo f. O. — 503 bliaut ne c. P. — 504 Ot sa haire u. O. — 506 manjout ne ne g. O. — 507 Cel precept d. O. — 508 und 509 fehlen in O und 510 lautet daselbst: Qui ni at mangier gard ne pens del matin. — 511 Nassemblet p. O. — 512 la uil siet P. — 514 Seuuest por s. P. — 515 fehlt in O. — 516 Et proit a damredeu et O. —

* Fol. 129ᵇ·

518—522 lauten in O: En itel penitance cum aueiz esculteie ‖ Estiet sainz Alexis en sa uie priueie ‖ A Rohais la citeit ultre la meir saleie ‖ Al chief dinde la grant en estrani contreie. — 522 ans toz plains 'O. — 525 sous le mõt escotee P; — muj absconseie O. — 526 ele fust plus O. — 528 bele fut el O. — 529 non la mere dū O. — 530 Par amur a. s. h. lait dā O. — 532 un ior a O. — 533 la cui uie est loeie O. — 534 En ciel od els s. O; — angles f sovent P. — 539 Plus liront P; — odor ke soit mirre O. — 541 sogrestains cele ymagene p. O. — 542 fehlt in O. — 543 Iet sen fors d. m. que ni uolt d. O. — 544 nel seit u trouer O. — 545 ne fehlt in O. — 546 Al m. sen r. O. — 547 ymagene si p. O. — 548 und 549 fehlen in O. —

550 Et proie Damredieu qui tot a a sauver
Qu'il li laist le saint home conoistre et encontrer.
L'image li respont: „Ne t'en caut a douter,
Car chis que tu verras el parevis ester
Et sëoir pres de l'uis et le cief enclincr,
555 Ch'est chis cui Dieus commande en sa glise a entrer."
Or ne se pora mais sains Alexis cheler,
Si tost con chil le voit, si se laisse avaler,
Les piés li ceurt baisier si commenche a plorer,
De pitiet et d'amor le prist a conjurer
560 Que il voist el mostier o les autres ester.
Li sains hom quant' l'oït, ne li vot pas veer,
Au sougretain se laisse ens el mostier mener.
La novele s'espant qui fait manifester
De lui la bone vïe qui tant fait a amer,
565 Et que Dieus a l'image fist por s'amor parler.
Or a Dieus sa lumiere fait en haut alumer,
Tot le keurent vëoir, servir et honorer,
Si grant honor li portent viellart et baceler
Que ne poroie mïe la moitiet raconter.

XXV.

570 Quant voit sains Alexis l'onor que on li fait,
De cuer plaint et souspire, mout li parvint a lait.
„E·Dieus, fait il, merchit! cëus sui ge en agait
Au vil serpent antif qui tos biens contrestait,
Les honors qu'ai laissiés me ramaine et ratrait
575 En l'une main le miel et en l'autre le lait,
De la douchor dou siecle me reveut metre en plait:
S'or ne fui cheste honor, mout malement me vait.

XXVI.

„Biaus sire, Damredieus", che dist sains Alexis,
„Gari moi de l'agait as mortels anemis,
580 De l'engien au serpent qui tant home a mal mis,
Detien mon cuer en forche a iche qu'ai empris
* Que ne soie engigniés, dechëus ne sospris."

---

* Fol. 129ᶜ·

550 tot asalueir O. — 551 Ke li O. — 553 Icil cui
tu O. — el pareuis entrer P. — 557 Si tost cum il lo
trueuat si O; — se se l. P. — 559 prist a orer P. —
563 La parole s. O. — 565 fehlt in P. — 568 Si honor
li portent et uielh et b. O. — 569 Ne uos en poroi
m. O. — 571 Del cuer . . . paruient a O. — 572 Ei
dã fai moi mercit chauz sui en laguait O; — ceus sui
ge io enagait P. — 573 Al uielh s. a. q. tot bien c.
O. — 574 honors cai guerpies O. — 575 main le
feu et P. — 576 De la dolor P. — 579 a mortel
anemis (sic) P; — al morteil anemi O. — 580 Al serpent
entoisoier qui O. — 581 a ice grant peril P. — 582
Que ne soie caus engignies ne s. P. —

Or pense li sains hom et tel consel a pris
Qu'il s'en fuira d'iluec en un autre païs,
U on nel conistra ne par fais ne par dis. 5
Un soir si con la gens se fu en repos mis,
Et la chités dort tote et la lune esclarchist,
S'est partis de Rohais qu'ainc nel jehit amis,
Ne a viel ne a jovene, ne home qui soit vis.
Tant vait par ses jornees descaus piés et mendis 5
Qu'a Laudiche est venus, mais ne sai en quans dis.

XXVII.

Quant vint sains Alexis a Laudiche sor mer,
Ne veut mïe en la vile longuement demorer,
En une nef s'en entre por a Tarses aler,
Au mostier de saint Pol, la voroit arester 5
Que on nel coneuïst tote sa vïe user,
Mais Dieus qui le conduist en veut el ordener:
Uns vens lor est salis qui fait lor nef torner,
Si est entrés es voiles, tantost les fait sigler,
Saiete ne quariaus ne s'i peuïst durer; 6
Tant lor dure chele ore par oscur et par cler
Que droit au port romain les a fait ariver.
Quant li sains hom fu fors, si prent a esgarder;
Le liu, l'estre et la terre commenche a raviser,
Vit la terre de Rome, u il sieut converser. 6
Les ieus drecha au chiel si commenche a plorer
Et jure Damredieu, qui tot a a sauver,
Que ja a estragne home ne vora enconbrer
De son cors herbrigier et servir et garder,
Mais tot droit a son pere qui tant le puet amer 6
Ira por l'amor Dieu son hostel demander,
Se Dieus li done encore vif et sain retrover;
Car tant est tains et noirs de sa car a pener,
Ja n'iert mais conëus a sergant ne a per.

XXVIII.

Or s'ent vait li sains hom n'i veut mais atargier, 6
Entrés est dedens Rome le grant cemin plenier,
Vait s'ent parmi ches rues a guise de paumier,
Eufemïen encoñtre, son pere o le vis fier,

---

585 ne par fait ne par uis O. — 586 si cum li gent
soi sunt en O. — 587 et li (sic) lune esclarcis O. —
588 ainc ne iehi home uis P. — 589 fehlt in P. —
590 par lo chemin O. — 591 en quel d. P. — 593 uolt
mais en . . . seiorneir O. — 598 Ki fist l. O. — 599
Puis e. O. — 601 d. ciste ore O. — 602 romain font
la neif ãtreir O. — 607 agardeir O. — 609 elbrigier
no seruir ne g. O. — 610 qui mout lo suet a. O. —
611 por amur du O. — 612 fehlt in O. — 614 mais
recon² a P. — 615 ni uolt plus a O. — 617 guise
dalmonier O. —

Dou palais se repaire u on soloit plaidier;
Apres son dos le sivent plus de chent cevalier
Et des autres maisnïes tant, nel sai esprisier.
Li sains hom quant le voit si commenche a hucier:
„Eufemïens, sers Dieu, mon cors ne desprisier,
Aiés merchit por Dieu, de che povre paumier,
Fai moi dedens ta cort en un liu herbrigier
U je ne fache a home noise ne destorbier,
Faï moi doner t'aumosne, mout en ai grant mestier,
Por l'amor Alexis, biaus sire, le te quier,
Ton fil que tu amoies et tenoies tant cier
Que Dieus le laist encore a Rome repairier
Et vëoir a tes ieus et son cors manoier."
Quant ot Eufemïens le pelerin proiier
Por l'amor Alexis l'ostel et le mangier,
Si li ramenbre leus de son grant destorbier.
S'il souspire dou cuer, ne m'en doi mervillier,
Qu'onques puis qu'il perdit le fil de sa mollier
Ne trespassa sans plor un tot seul jor entier,
U le main a lever, u le soir a coucier
Ne ramenbrast le duel de son droit eritier.

XXIX.

Quant ot Eufemïens le pelerin parler,
Por l'amor Alexis son ostel demander,
Lors li fait de son fil le duel renoveler.
Mout souspire dou cuer si commenche a plorer,
Sa maisnïe regarde qu'entor lui voit ester,
Par amor douchement les prent a apeler:
„S'or en i avoit un qui vosist creanter
Que il ichest paumier qui revient d'outre mer
Voroit tote sa vïe et servir et garder
Que ja en nule rien nel feroit contrister,
Par ichel Damredieu qui nos a a sauver
Le serf afrankiroie ne l'en estuet doter,
Et ferai de ma terre si bautement caser
Qu'en tote ma maisnïe n'ara plus rice per."

619 u lom suet pl. O. — 621 Et del altre mainie
tant nel puis desrainier O. — 622 cant lo uit O. —
623 ne despitier O. — 624 Aies por du mercit O. —
626 noise ne encombrier O. — für 628 und 629 hat O
(durch Umstellung v o r 627) nur den einen Vers: Por
amur a celui cui auoies plus chier. — 630 laist a Rome
ancores repairier O. — 632 Euf. al p. O. — 633 Por amur
A. O. — 634 Adonc li r. d. O. — 635 ne me d. P. —
639 son grant heritier O. — 641 Por amur A. O. —
642 fait la dolur de son fil r. O. — 645 lenprist a.
O. — 646 qui moi uolsist loeir O. — 647 il cest P. —
649 nel uoldrat c. O. — 650 qui uos at a gardeir
O. — 651 De serf lo frankiroie O. —

Es vos avant venu un adroit baceler,
Preu et douch, de bon aire, mais nel vous sai nomer. 655
Quant il ot son signor si hautement jurer,
Le don a rechëu ne veut pas refuser
Dou pelerin servir et coucier et lever
Et faire tot ichou que il vora rover.

XXX.

Or est sains Alexis en la maison entrés 660
Dont il se fu par nuit et fuïs et enblés,
De s'espouse la belle partis et desevrés.
Assés par fu or grans la soie humilités,
Esmervillier s'en puet tote crestïentés,
Comment il puet si estre en son cuer adurés, 665
Quant ses peres li rices qui tant en est irés *
Ne puet estre en sa vïe par lui reconfortés,
Ne nel puet reconoistre nus siens amis privés.
A l'entrer de la sale droit devant les degrés,
La fu saint Alexis ses hostés devisés. 670
Por chou fu li sains hom en tel liu hostelés
Que ne veut pas li sire que il soit oubliés,
Vëoir le veut sovent comment il soit gardés,
De quel part que il vegne qu'il li soit presentés.
Le sergant commanda cui il fu commandés 675
Que tant con il vivra ne durra ses aés,
Ne li soit li mangiers de sa table veés,
Se gart que bien li fache totes ses volentés.

XXXI.

A Rome est li sains hom por Dieu fais aumosniers
En sa maison demaine dont il est eritiers, 680
Mais ne l'i conoist peres, ne mere ne molliers,
N'en tote sa maisnïe sergans ne escuiers,
En son petit hostel le sert ses despensiers,
Les aumosnes mangüe con autres provendiers;
Mout li est a delit et juners et villiers, 685
Orer et nuit et jor che est tos ses desiers.
De ses autres sergans i a mout d'avresiers,

654 Eh uos uenut auant O. — 657 Piu et dulz et
cortois mais O. — 656 si h. parleir O. — 659 Et fera t.
i. que il uera r. P. — 664 Et meruilier sen O. — 667
Come puet estre P; — Ne pot e. O. — 669 droit desor
les O. — 670 ses h. deliures P. — 671 Por huec f.
O. — 672 quil i soit O. — 673 il iert g. O. — 674 part
ke il uiengniet O. — 675 Lo seriant commandet kil li
soit ordineiz O. — 680 donc il O. — 684 La recoit
les almones (sic) cum O. — 685 delit ieuneirs et uoiliers
O. — 686 Oreirs et ior et nuit ce est toz ses mestiers
O. — 687 De ses altres sergant (sic) at il m. O. —

Car l'aigue dont il levent les mains as chevaliers,
Les hanas par commant as maistres botilliers
690 Li getent sor le cief, che est grans destorbiers.
Cascun jor l'escarnissent et dient reproviers:
Sovent i est par iaus apelés pautoniers
Et tafurs d'outre mer et enuieus paumiers.
Mais tot cho qu'on li fait sostient il volentiers,
695 Bien set en son corage que tos ces enconbriers
Li fait faire d'iables li siens mortés guerriers,
Mais s'il tresqu'en la fin parmaint tés soudoiers,
En paradis cheleste en iert grans ses leuwiers.

XXXII.

En itel penitanche et en tel noreture
700 Estuit sains Alexis par sa bone aventure
En la maison son pere en si grant covreture
Autres dis et set ans, si con dist l'escripture,
Qu'ainc ne pot reconoistre li vieus s'engenrëure.
Ne sa mere Aglaël que fust sa portëure.
705 Sovent pleurent por lui, mout est lor vïe dure,
* Ainc puis qu'il le perdirent n'en fu tenu mesure.
Onques tant ne li fisent si sergant de rancure
Que il lor respondist parole ne laidure.
Or aproisme li termes que sa vïe la pure
710 Rechevra sa merite et la cars sa droiture,
L'arme ara paradis et li cors sepulture.

XXXIII.

Quant voit sains Alexis que pres est de sa fin,
De paradis cheleste est entrés el cemin,
Son despensier apele quil sert soir et matin
715 Si li fait ence querre et penne et parcemin,
Tote sa vïe escrist en son propre latin,
Con le nourit ses peres jovenchiel et meskin
Et il li quist mollier des filles Constentin,
Et con il s'en fuït fors de Rome a tapin
720 Et ala par la terre a loi de pelerin,

Et con fu a Robais el regne barbarin
Et rechut les aumosnes a guise de frarin,
Et con parla l'image au sougretain ermin,
Et con partit d'iluec sans nul seut de voisin
Et repaira a Rome a la gent de son lin,
En la maison son pere le rice palachin
Estuit dis et set ans qu'ainc ne gosta de vin,
Ne ne se fist conoistre n'a parent n'a cousin,
N'a mere n'a mollier, n'a viellart n'a mescin.

XXXIV.

Quant ot sains Alexis sa parole finee
Et sa vïe la bone escrite et recordee,
En sa .main tint la cartre enclose et enseree,
Ja tant con il soit vis n'iert a home mostree.
Mais Dieus par cui il a tante paine enduree
De juner, de villier en estragne contree,
Descaus piés et en lagnes mainte terre passee,
Ne veut pas que tos jors soit sa bontés chelee.
Par un saint dïemance quant la messe ert cantee
Et dou peule de Rome estoit grans l'assanblee,
Ens el mostier saint Piere qui siet en la valee
In mala vicana par decha a l'entree,
Tot droit desor l'autel u l'on dist la sacree
Est une vois dou chiel oïe et resonee
Dont la chités de Rome est trestote esfraee.

XXXV.

La vois escrie en haut: „Ne dormés, mais villiés,
Venés a moi tot chil qui vos cars travilliés
Et qui de mon serviche avés les cuers carciés,
Car li vostre repos vous est aparilliés!"
Li peules quant l'entent, tant par fu esmaiiés,
Que ainc n'i ot si fort qui remasist sor piés,
Desor le pavement s'est cascuns apoiiés,
Et proient le fil Dieu qui fu cruchefiiés
Qu'il lor doinst penitanche et pardoinst lor peciés.

* Fol. 130b.

689 fehlt in P; — al maistre b. O. — 690 chief icest gr. O. — 691 dient reprochiers O. — 692 fehlt in P. — 694 Mais cant kelom li O. — 695 Ben seit enz en sun O. — 697 fin paruint t. P. — 698 granz li l. O. — 700 sa bone nature O. — 701 en itel c. O. — 704 Aglael qui en fist sa porture P; — ke fust sa portuure (sic) O. — 706 Ains p. P; — Quainc puis quil lor (sic) p. O. — 707 Nonkes t. O. — 708 parole ne rancune P. — 709 Or aprochet li iors ke O. — 711 fehlt in O. — 714 qui le sert P; — qui sert soir O. — 715 Et fait li querre penne et enche et p. O. — 716 Puis a tote sa uie escripte en latin P. — 717 peres fehlt in O. — 719 fors del regne P. —

* Fol. 130c.

721 Rohais par r. O. — Für 722—726 hat P nur: Et recuit les amosnes a la gent de son lin. — 727 cainc ni g. O. — 729 n (sic) uiellart ne mescin P; — na uielh ne a meschin O. — 730 Alexis sorison parfineie O. — 732 enclose et enuolepee O. — 734 fehlt in P. — 736 piez en sa haire tante terre O. — 737 iors fut sa O. — 740 Al mostier de s. O. — 741 fehlt in P und 742 lautet in dieser Hs.: Tot droit deuant lautel u elle ert consecree. — 744 rôme fut trestote enfreie O. — 750 Kil ni ot un tant f. q. r. en p. O. — 751 p. est chascuns aplaisiez O. — 753 doinst patience et P. —

XXXVI.

Ensi comme li peules estoit en grant frëor,
55 Cascuns gisoit a terre en larmes et en plor
Et sovent apeloient par cuer nostre signor,
La vois lor respondit; „Ne soiés en paor,
Alés vous ent trestuit, li grant et li menor,
Si querrés le saint home, ne faites mais sejor,
60 Cui Dieus en paradis donra corone et flor,
Et proiiés li trestuit piuement par amor
Qu'il prit por la chitet a nostre redemptor,
Car chel josdi premier par sonc l'aube dou jor
Rendra s'arme la belle es mains son creator."

XXXVII.

65 Or s'en torne li peules n'i veut plus atargier,
De chel saint home querre se prist a travillier,
Par tote la chitet vont les rues chercier,
Qu'en quatre jors entiers ne font autre mestier,
Tant i sont ententif et en tel desirier;
70 Nus n'i veut euvre faire ne boire ne mangier,
Et quant il donc nel truevent n'i a que corechier.
Au josdi par matin revinrent au mostier,
Devant l'autel saint Piere se vont agenoullier
Desor le pavement et le marbre baisier,
75 O larmes et o plors commenchent Dieu proiier
Qu'il lor laist le saint home trover et acointier.
La vois lor respondit: „Ne vous caut d'esmaiier,
Eufemïens le garde qui l'a fait herbrigier
En sa maison demaine par un sien despensier."

XXXVIII.

80 Quant oient li Romain la vois ensi parler,
Dou mostier a issir se prendent a haster,
Eufemïen vont querre la u virent ester,
Devant l'emperëor le vont araisoner,

Douchement par amor, nel vuelent aïrer.
„Sire, mout grant mervelle poons en toi viser; 785
Por coi nos as tant fait travillier et pener
De l'ome Dieu a querre par quatre jors lasser?
Et tu le nos as fait en ta maison cheler!
Comment le peuls tu en ton cuer endurer
Que tu nel nos fesis le premier jor mostrer? 790
Maine nos i, biaus sire, si nos i fait parler
Si li proierons tuit de nos armes sauver,
Et qu'il nos fache a Dieu nos peciés pardoner."
Eufemïens l'entent si prist a souspirer,
Si grant mervelle en ot tot le font trespenser. 795
Il en jure de Dieu quanqu'il en puet penser
Qu'il onques ne l'i sout ne ne l'oït nomer,
Mais s'il l'i vuelent querre, ne lor quiert a cheler,
Dieus lor doinst par sa grache qu'il l'i puissent
                                        trover.

XXXIX.

Quant oient la parole li doi emperëor, 800
Arcades et Honores, qui tenoient l'onor
De l'empire de Rome en glorie a ichel jor,
Eufemïen commandent douchement par amor
Qu'il voist en son hostel si se meche en labor
De chel saint home querre dont il sont en error, 805
Et il iront apres qu'il n'i feront sejor,
Si li vuelent proiier por iaus et por les lor
Que il lor prit merchit a Dieu le creator.

XL.

Vait s'ent Eufemïens tost et isnelement
Tot droit vers son palais u li peules l'atent, 810
Sa maisnïe commande tost et isnelement
Sa sale aparillier de maint rice ornement,
De bons pailes grigois, de dossaus d'orient.
Si sergant quant l'entendent ne s'atargent noient,
Ces bons tapis estendent parmi le pavement, 815
Les samis et les pailes, les chendaus hautement,
La porte ont coronee et d'or kuit et d'argent,
De casses et de crois font grant aprestement.

---

754 Issi cuᵐe l. O. — 755 terre a larmes et a pl. P. —
756 fehlt in O. — 758 Teneiz uos eumanois tot et grant
et menor O. — 759 hõme q̄ ni f. O. — 760 paradis
donroit c. O. — 761 par dolzar O. — 762 a ūre
r. O. — 763 ka ceste sort (?) promiere p. O. — 764
Rendra larme l. b. es mains nostre creator P; — el
mains O. — 765 ni uolt giens a. O. — 766 fehlt in P. —
767 Par tote la cite la citeit (sic) uuet les cercieir O. —
768 ke quatre iors toz plains O. — 769 Tant i par
sunt entent et O. — 770 Nus ni uolt O. — 772 iosdi
a matin P; — matin repairent a. O. — 774 pauement
uont le P; — et la terre b. O. — 775 A larmes et a
plor c. P; — plors pristrent d. O. — 776 conoistre et
cointier P. — 777 uois li r. n. uos caut enmaier
O. — 780 uoiz issi p. O. — 782 fehlt in P. —

---

* Fol. 130ᵈ·

784 uulent contristeir O. — 785 grant fehlt in
O. — 789 Coᵐent tu lo poois en O. — 790 nos
fesisses al promier m. O. — 795 Iteil m. e. o. t.
len f. O. — 796 Il lor . . . . en seit p. O. — 798 lor
at aueuir O. — 799 Dē lo d. p. s. g. ke lō li puist t.
O. — 803 (s. 761) par dulzor O. — 805 De querre lo
s. h. par cui sunt en freor O. — 806 apres la ni P. —
808 fehlt in P. — 812 ditant riche o. O; — aornement
P. — 813 pailes grezois de O. — 814 u. 816 fehlen
in O. — 818 in O fehlt et. —

Eufemïens meïsmes se paine durement
820 D'aparillier sa sale et sa canbre mout gent,
Ses enchensiers enbrase et ses chierges esprent,
Car les empereörs a cui li mons apent
Et le saint apostoile qu'on apele Innochent
Veut rechevoir ensanble mout honorablement.
825 Son senescal apele qui despensoit sa gent,
Bellement li enquiert par amor douchement,
* Par chele foit qu'il doit a Dieu omnipotent,
De chel saint home Dieu s'il set a eschïent
Qu'il soit en sa maison, si li die a present.
830 Et chil en jure Dieu par mout grant sacrement
Qu'ainc n'en oït novelle ne il n'en set noient.
Quant l'ot Eufemïens, si souspire forment,
Mout par fu esmaiiés et le cuer ot dolent,
Quant il de chel saint home nen ot assentement;
835 Les ieus drecha au chiel vers Dieu omnipotent,
Mout souspire dou cuer et pleure tenrement
Et proie Damredieu dou cuer parfondement
Que dou saint cors li fache aucun demostrement.
Mais ne li targera des or mais longuement,
840 Il le verra as ieus par tel atornement
Qu'il en ara le cuer corecheus et dolent
Et la mere au saint home et s'espouse ensement.

XLI.

Dementrues que li vieus estoit en tel penser
De chel saint home querre que il ne puet trover,
845 Estes vos le sergant qui le sieut ministrer
Vers son signor s'aproisme la u le vit ester.
„Eufemïens, biaus sire, por Dieu car fai garder
De chel saint home Dieu dont je t'oi demander,
Que che ne soit ichil que m'as fait ministrer
850 Hui a dis et set ans, car je l'ai fait conter
Qu'ades li ai aidiet a coucier, a lever.
Onques de tos les homes dont ai oït parler
N'oï d'un qui peülst tant villier ne juner;

Onques ne vi sa bouce ne nuit ne jor chesser
De loenges Dieu dire ne de sautiers canter,
N'onques tant ne le vi ta maisnïe gaber
Ne clamer pautonier ne tafur d'outre mer
Qu'ainc le vëisse point le corage muer.
Sovent vi tes sergans — mais nel poc amender —
Que li faisoient l'aigue sor la teste verser
Et feroient el cief por lui a destorber.
Nus hom de car sans lui nel peülst endurer,
La soie humilitet ne puet nus hom esmer.
Encor i a tot el que je vous vuel conter:
Ier matin par sonc l'aube quant il dut ajorner,
Me fist parcemin querre et ence demander,
Si escrit tote jor deschi qu'a l'avesprer,
En sa main tient la cartre ne le veut pas mostrer,
Ainc ne le peuc vëoir tant me seüsse pener
Se tu ne m'en veus croire, sempres le pues prover."

XLII.

Quant ot Eufemïens et entent la vretet
Dou saint home dont chil li a dit et contet,
Isnelement s'atorne, n'i a plus demoret;
La u il set son hoste de desous le degret
Devant le lit s'areste et si l'a apelet
Douchement par amor, mais chil n'a mot sonet.
Son bel cief li discuevre sel trueve devïet,
Mais la ciere de lui li rent si grant clartet
Con soit angles dou chiel u solaus en estet.
Lors s'aperchoit li sire et set en sëurtet
Que ch'estoit li sains hom dont la vois ot parlet,
De pitiet et de joie en a des ieus ploret,
Vers orïent se couce s'en a Dieu aouret,
En plorant en merchie la haute trinitet.
Le brief qu'ot en sa main estroit envolepet,
Vot rechoivre au saint home, mais nen ot poëstet,
Et quant ne l'en puet traire a Dieu l'a commandet,
El palais se repaire tot de marbre listet,
Vint as empereörs si lor a deviset
Que Dieus li a as ieus le saint home mostret

---

* Fol. 131ᵃ·

819 und 820 fehlen in O. — 821 hat P an beiden Stellen ces. — 823 apostolc (sic) cui lō clainme innocent O. — 824 Uoldrat en sa maison resoiure haltement O. — 825 qui despent son argent P. — 826 Bonement li O. — 827 doit fehlt in P. — 828 dū si s. O. — 831 Et cil les i. d. p. m. halt s. O. — 832 Eufemiens cant lot mut s. O. — 833—837 fehlen in O. — 839 t. ínie mut l. O. — 840 Kil lo uerrat olz par teil acointement O. — 841 fehlt in P. — 842 fehlt in O. — 844 home a querre O. — 845 Ehuos lo menestreit qui lo soit despenser O. — 846 la u il lo uit steir O. — 847 car engardeir O. — 848 Dicel s. h. d. d. io toi contristeir O. — 849 que tu mas fait gardeïr O. — 850 car bien lai O. — 851 aidiet et c. et l. O. — 853 ne oreir O. —

* Fol. 131ᵇ·

854 ne iur ne nuit O. — 858 Cainc len ueisse ior lo c. O. — 860 killi f. l. s. l. t. ieteir O. — 861 col p. O. — 862 de fehlt in P. — 863 puet nus aesmeir O. — 864 que uos uul reconteir O. — 867 fehlt in P. — 868 tint P. — 869 tant ne men sou peneir O. — 870 Et se tu nel v. O. — Für 873 u. 874 hat O nur folgende Zeile: Isnelement sen uait la u son osteil seit. — 876 mais il na P. — 878 lui lor r. O. — 879 ke s. O. — 881 uois dut parler P. — 882 et damur en O. — 883 Turnat uers oriant s. O. — 884 fehlt in O. — 885 li brics cout e. s. m. esteit enuolepes P; — en la m. O. — 886 P hat das Praesens net. — 888 tot lo m. O. — 890 Cum dē O. —

Par son sergant demaine qui maint jor l'a gardet,
Qui li porte tiesmoign et los de grant bontet,
Dis et set ans l'a bien con saint home provet.
Le consel au sergant lor a dit et contet,
Le splendor de sa fache et la grant dignitet
Que en lui a vëue, mais que mort l'a trovet.
Li emperëor l'oient, dou banc sont sus levet
Innochens l'apostoiles et vesque et abet,
Par les degrés de marbres en sont jus avalet,
Eufemïens les guie droit desous le degret.
Quant vinrent au saint cors, si l'ont si bel trovet
Comme estoile de mer u angle coronet;
Or en iert tot ichou, ja n'en iert trestornet
Que Dieus en a el chiel devant lui ordenet.

XLIII.

Li doi emperëor o le pape Innochent
Estont devant le cors en piés el pavement,
En grant humilitet enclin et pachient.
Arcades l'emperere parla premierement,
Devant le cors se couce si pleure tenrement.
„Biaus sire, ne despire selonc ton eschïent
La nostre humble proiiere por Dieu omnipotent.
Nos somes pecëor ensi con autre gent,
Por quant somes nos chil as qués l'empire apent,
Et a chest apostoile trestos li mons s'assent,
Car sainte glise garde et d'infier le defent.
Lasque, sire, ta main, por Dieu commandement,
Si nos baille la cartre, d'amor le nos consent
Vëoir que dedens a, por Dieu commandement!"

XLIV.

Innochens l'apostoiles ot le cuer segurtain,
Si s'aproisme au saint cors qu'il vit de grache plain,
Ses dois tent a la cartre, il li lasque la main;
Quant il l'ot rechëue et traite de son sain,
Si le rendit avant a un sien capelain,

Au maistre canchelier qui n'ot pas le cuer vain;
Ethïo ot a non s'ot le cuer sage et sain,   925
Chil le list en oiant tot le peule romain:
Ja oront tel mervelle et itant douch reclain
Dont tot seront en plor et cortois et vilain.

XLV.

Ethïo list la cartre qui bien en fu apris,
Et on li fist tel pais que nus hom qui fust vis   930
N'osa un mot soner ne jovene ne antis.
A tos fait conissanche que ch'est sains Alexis,
Li fius Eufemïen qui en la biere est mis,
Qui s'en fuït de Rome, hui a passet mains dis,
Et deguerpit s'onor, son pere et son païs   935
Por l'amor Jesu Christ, le roi de paradis.
Eufemïens l'entent, tel dolors l'a conquis,
Pasmés caït a terre desor le marbre bis,
Aussi tainst comme chendre et enpalit le vis.
Et quant il se redreche, si se claime caitis,   940
Dolens, mal ëurés, seus et povres d'amis,
A ambes mains detrait sa barbe o le poil gris,
Trestot son vestement a desrout et mal mis,
Or voroit estre mors, poise lui qu'il est vis.

XLVI.

Ainchois qu'Eufemïens euïst la cartre oïe,   945
Ne remasist en piés por tot l'or de Rosie,
Sa teste la cenue et sa barbe florie
Desront a ambes mains et son cors martirie,
Si con hom fosenés a la presse partie
Et fiert ses puins ensanble que fait grant retentie. 950
Ensement se depane comme cose esmarie
Et maine tant grant duel por poi ne pert la vïe,
Devers le cors s'aproisme qui forment resplendie,
Deseure s'est pasmés s'a la biere saisie,
A ambes mains l'enbrache, ne le veut laissier mïe. 955

---

* Fol. 131^{c.}

891 qi tanz anz l. O. — 892 de sa b. O. —
893 Lat par dis et set ans c. O. — 894 lor
at tot reueleit O. — 895 de la chiere et O. —
897 fehlt in P. — 899 fehlt in O. — 900 guiet de
desor les degreit O; — desous les d. P. — 901 Cant
uirent lo s. O. — 902 del ciel O. — 904 en at
en c. O. — 909 fehlt in O. — 910 Sire ne despitier
s. O. — 912 Si nos s. pechor aussi c. O. — 913 Por
huec si somes cil a cui l. O; — ques li mons a.
P. — 914 apostoile a cui li mons satent P. — 915 denfer
nos d. O. — 916 Lascier s. O. — 917 bailier l. c.
et d. nos c. O. — 918 par ton c. P. — 919 le cors s.
P. — 920 Il saprochet al cors cui uit de grazes plain
O. — 921 Ses mains t. P. — 922 de sa main P. —
923 Puis l. O. —

* Fol. 131^{d.}

924 qui nõ ot le c. O. — 925 cuer large et s.
P; — non ot le c. saiue et s. O. — 927 Sempre oront
O. — 928 Donc t. O. — 930 li fehlt in P. — 931
fehlt in O, wo im zweiten Hemistich von 930 die Worte:
que nes hom ni qronis. — 933 fait conissant ke ce ert
A. O. — 934 hui at eut mains d. O. — 935 sonor sa
femme et son pais O. — 936 crist cauoir uolt paradis
O. — 937 dolors lait c. O. — 939 Issi t. c. c. et
paleist el uis O. — 940 Cant il soi redrezoit si O. —
942 sa barbe o le poins P; — sa b. ot lo poil bis O. —
945 Acois keufemiens por ait la O. — 949 fehlt in
O. — 950 Si f. s. p. e. ken f. O. — 951 Altressi soi
d. O. — Für 952—956 hat O nur folgende Zeile:
Desor lo cors soi pahmet sot la biere embracie. —

Quant li cuers li revint dont pleure et brait et crie:
„E Alexis, biaus fius, con dure departie!
Por c'as fait a ton pere itant grant felonie,
Comment le peut soufrir la toie conpagnie
960 De tant jor qu'as estet en la nostre balie,
Qu'ainc ne nos confortas tant con dura ta vïe?
Or deuïssies, biaus fius, govrener ta maisnïe,
Ton pere conforter, ta mere l'esmarie
Et t'espouse la belle qui toi pas nen oublie,
965 Mais che nen iert ja mais, car ta mors m'en defie.
Las! n'i a mais atente, m'esperanche est falie."

XLVII.

„Biaus fius", che dist li peres, „u prendrai mais
confort?
Dou grant duel u je sui ne venrai mais a port,
Quant a mes ieus te voi devant moi gesir mort.
970 Je cuidoie, biaus fius, mais perdu ai mon sort,
Qu'encor deuïsse avoir de toi joie et deport,
Mais che nen iert ja mais, n'i atent aus resort.
Dieus, por coi vi ge tant? Chertes, chou est a tort."

XLVIII.

„Encore avoie, fius, en mon cuer esperanche
975 Que tu a aucun jor apres longue atendanche
Deuïsses repairier, par fine ramenbranche
De la dolor ton pere cui laissas en erranche
Et moi reconforter et tolir ma pesanche
Et mon cors enfoïr, si con ert ma fianche,
980 Et m'onor maintenir a forche et a poissanche,
Mais or en sui dou tot cëus en desperanche.
Dieus, u prendrai ja mais confort ne aliganche,
Quant gesir voi en biere de chelui la sanblanche,
* Por cui ai por tant an estet en esfraanche
985 Et tot le mont chercïe sans nule aseguranche?
E mors, por coi te targes, por coi fais demoranche,

Plus te desire m'arme que dou mont l'onoranche,
Or voroie estre mors sans nule repentanche!"
Mout a el cuer li peres grant duel et grant pesanche,
Mais quant le seut la mere qui le nourit d'enfanche, 990
De la dolor de li ne sai faire aësmanche.

XLIX.

Dementrues que li peres a la teste meslee
Ensi pleure et gaimente dolor renovelee,
Es vos tos les degrés sa mere l'esgaree
La novelle a oïe qui pas ne li agree, 995
Ensi desront la presse et maine tel criee
Comme beste sauvage qui soit descainee.
Tote sa vestëure a ses mains depanee,
Sanglante sa maisele, tote est descevelee
Et ensi crie et brait comme riens forsenee, 1000
Que sa grant honestet a trestote oubliee.
Elle crie a la gent qu'est iluec assanblee:
„E car me faites voie, bone gens honoree!"
Si verra la caitive sa dure destinee,
La dolereuse perde dont ja n'iert confortee. 1005
Quant ele vint au cors, deseure s'est pasmee,
Tainte est si comme chendre et roide et abosmee,
Ensi l'a sa dolors et conquise et menee
Que li auquant cuidierent que a fin fust alee,
Quant ele se redreche, ele fu respiree 1010
Si fiert ses puins ensanble, a poi ne s'est tuee,
A haute vois escrie comme feme dervee:
„E Alexis, biaus fius, con m'avés contristee
De la vostre sanblanche que tant m'avés chelee,
Ja tant ne vivrai mais que ne soie esploree. 1015
En la maison ton pere as estet a enblee
Que un povres paumiers qui fust d'autre contree.
Sire en deuïsses estre! E Dieus, quele ostelee,
Fius, nos t'i avons fait en ta vïe privee!
O si comme a un povre t'ert despense donee, 1020
Entre nos est ta vïe povrement definee.

---

* Fol. 132ᵃ·

956 reuint si plore brait et crie O. — 958 Porcoi as
P; — pere iss (i ist radirt) g. O. — 959 Dš cum lo pot s.
O. — 960 De tant ans cas ensteit en O. — 961 ne men c.
O. — 962 fiz chastuer t. O. — 965 mors est fenie P. —
966 Las ni ai m. O. — In O steht 968 vor 967; in
967 fehlen die Worte „peres u"; 968 lautet im ersten
Hemistich: Del grant peril u sui. — 970 ai ma fort
O. — 972 atent nul r. O. — 973 certes mut ai grant
t. O. — 976 par droite r. O. — 977 cui laisses en P. —
979 cors sepelir si O. — 982 grans diex u prendrai
mais P. — 984 Por cui iai este tant an en e. P. —
986 por koi tatarges O. —

988 Mon uuelh seroie mors s. O. — 989 fehlt in
O. — 990 cant lot sot l. m. qui lot nurrit d. O. —
993 Issi p. e. g. sa dolor renoueie O. — 994 Eh uos
O. — 996 Issi d. O. — 998 De tote sa uesture a a
ses m. d. P. — 999 S. ses māmeles tote d. O. — 1000
Issi criet et braut (sic) O. — 1002 fehlt in O. —
1005 dolereuse portee d. P. — 1006 cors si sest desor p.
O. — 1007 Tainte cõme la c. O. — 1008 Issi lat la
d. e. c. e. mueie Ʊ. — 1009 q̃ fust a fin aleie O. —
1010 redrece quele r. O. — 1012 fehlt in O. — Für
1014—1031 hat O nur die beiden folgenden, im Ganzen
mit 1014 und 1022 übereinstimmenden Zeilen: De la
ure presence qui tant nos est celeie ‖ Par toi naurai
mais ioie del tot sui despereie. —

Par toi n'arai mais joie, tote en sui desperee;
Or deuïsses, biaus fius, maintenir t'espousee,
Ton pere conforter, ta mere l'esgaree,
Et govrener deuïsses ta maisnïe privee.
Mais che nen iert jamais, or est ma joie alee
Et tote m'atendanche est hui chest jor finee,
Or voroie estre morte sans nule demoree;
E mors, car me prenés, com seroie buer nee
Si je ere o mon fil pres de lui enseree!"

L.

"Biaus fiis", che dist la mere, "con ai fait longue attente,
Tans ans que m'as vēue por toi triste et dolente
En la maison ton pere qui por toi se gaimente.
Viaus quant nos t'apieliemes, jo et t'espouse gente,
Por çoi ne nos disoies de toi aucun assente?
Trop par ēuis dur cuer ne sai que je t'en mente.
Dieus, con le pot soufrir nus hom de ta jovente,
Quant vēoies ton pere et ta mere dolente
Et t'espouse la belle qui por toi se demente,
Qu'ainc ne nos confortas? Mout ēuis dure entente.
Issi grant cruautet ja mais Dieus ne consente,
Se vivoie cent ans, vin u quarante u trente
Ne sera mais uns jors que la dolor ne sente,
Car iche me confont et ochist et tormente
Que tos jors t'ai donet et vïe et vestemente.
Con a autre paumier qui por Dieu se presente,
Qu'ainc nè poc porvēoir que fuisse ta parente.
Dieus! ja morrai de duel et li cuers me gaimente,
Quant ne me reconforte qui sor tos m'atalente."

LI.

"E fius", che dist la mere, "con pooies soufrir
Que cascun jor vēoies tant plor et tant souspir
De ton pere et de moi qui t'aviens a nourir?
A tes sergans demaines te laissoies laidir
Et dire lor reproces et sor ton cief ferir;

Mout par ert fors li cuers quil pooit sostenir, 1055
Quant tu ne le voloies a ton pere jehir.
Et Dieus, por coi faisoies si mon sens esmarir
Et mon cuer aveuler que ainc ne peuc coisir
Que che fust Alexis, mes fius dont tant m'aïr?
Icheste recordanche ne me puet mais falir, 1060
Chis dieus ne me laira tresque devrai morir."
Tant fort baise le cors u que le puet sentir, *
La ciere angelial que tant voit resplendir,
Et enbrache la biere la u le voit gesir,
A poi que ne se tue qu'on ne l'en puet partir. 1065
Mout fait grant duel la mere por Alexis son fil,
A haute vois escrie qu'on le puet bien oïr:
"Ahi! tot nostre ami qui nos devés servir
De mon fil conforter, castoiier et blandir,
Ch'estoit nostre esperanche qu'il deūst revenir. 1070
A mes ieus le voi, lasse, mais ne me veut oïr,
Ne parler a sa mere, conforter ne joïr;
Car plorés, totes gens, qui nos veés perir
Et a si grant dolor nostre honor revertir!
Quant je mon fil voi mort, n'ai soing de moi garir, 1075
Tote sui desperee, ne sai mais u fuïr,
Ja mais n'istrai de duel dusqu'au jor dou fenir."

LII.

Es vos parmi la plache la puchelle acorant,
Qu'ert espouse au saint home et atendu l'ot tant,
Vestue de noirs dras qui bien font conissant 1080
La vevetet de li et le dolor pesant.
Quant ele vint au liu u le cors vit gisant,
Deseure s'est pasmee et la biere enbrachant;
Quant vint de pasmisons, se fait un duel si grant,
A ses mains le renbrache a haute vois criant, 1085
A poi que n'est estainte sor le cors en baisant.
O mout haut plor s'escrie et ses mains detordant,

---

* Fol. 132b.

1032 tant an cum mas O. — 1033 pere u ie toi represente O. — 1034 - 1037 fehlen in O. — 1038 mere plorente P. — 1039 toi soi gaimente O. — 1040 folgt in O nach 1033 (s. die Lesart) und beginnt mit „Cant"; für O ist daher die Reihenfolge der Verse: 1033, 1040, 1037, 1038, 1039, 1041. — 1041 dū ne aonfente (sic) O. — 1045 ke tant ior O. — 1047 ne poū parcinoir O. — 1048 li cors me crauente O. — 1049 Cant cil ne moi conforte qui sor tot m. O. — 1050 mere comment le puis s. P; — cum lo poois sofrir O. — 1052 qui t. nourit P; qui tauiemos (?) norrir O. — 1053 Et tes O. — 1054 dire les proeces et P. —

* Fol. 132c.

1055 qui le pooit soufrir P. — 1056 ne toi uolois a O. — 1057 mon cuer e. P; — Et dā porke sofroies si mon sens e. O. — 1058 auogleir cant nel pooi chieisir O. — 1059 dont uoi marir P. — 1060 ne moi puet pas f. O. — 1061 Dolerose de toi tros ke moi fras morir O. — 1064 enbrache le cors la P. — 1065 con ne le puet tenir P. — 1066 und 1067 fehlen in O. — 1068 Ohi tot nostre amis qui nos solies s. O. — 1070 Estoit nostre e. P. — 1073 tote gent O. — 1074 En si grant desperance la nostre honor uertir O. — 1077 Toz iors serai en plor troskal tens de morir O. — 1078 Ah nos parmi la presse la O. — 1079 et ratendut lat t. O. — 1082 uint ilueo u lo cors uoit g. O. — 1083 und 1084 fehlen in O. — 1085 A ambes mains lembracet et fait un dol si grant O. — 1087 Mᵉlt fort pleure et brait et ses P. —

Et maine tel dolor, ne soit hom qui demant
Qu'ainc ne fist mais itel ne mere de l'enfant.

LIII.

1090 „Sire“, che dist s'espouse, „con or sui desperee!
Mout ai fait longue atente et dure desevree,
Dolente moi caitive et veve et esgaree,
Je cuidoie encore estre aucun jor confortee.
Mais che nen iert ja mais, tel est ma destinee,
1095 Quant chis ne me conforte cui je fui espousee,
De cui je deüisse estre a tos jors honoree.
Or puis je mais bien dire que ma joie est alee,
Car ne serai ja mais de ses ieus esgardee,
Ne ne sera ma bouce a la soie privee.
1100*Hui est ma grans dolors en mon cors renovce
Qui en tote ma vïe ne sera desevree.“

LIV.

„Amis“, che dist s'espouse, „or sui venue a jor
Que trestote ma joie est muee en tristor.
A loi de torterele qui eskive verdor,
1105 Qui n'ara més pareil quant pert sa prime amor,
Deduirai mais mon cors et vivrai en labor,
N'escouterai mais cant ne ne porterai flor,
Ne ne vestirai porpre ne dras d'itel color,
Ne desir mais dou siecle le joie ne l'onor
1110 A tos jors arai mais vestëure de plor,
Ja d'autre conpanie ne moi doinst Dieus valor,
Tos jors serai mais veve n'ai soing d'autre signor.“
Tant fort ploroit li peules qui vëoit le dolor
Con chil font sor le cors qui l'aiment par tenror,
1115 N'i vëissiés sans larmes un seul, grant ne menor.

LV.

Innochens l'apostoiles quant chou ot escoutet
Et li emperëor qui mout l'ont esgardet,
En un vassel mout gent et mout bien aornet

Ont le cors au saint home honestement poset.
De rices dras de soie l'ont bien envolepet,
Sor la biere le lievent par mout grant honestet,
Un blanc samit a or ont par desous getet.
A lor cors le leverent li plus rice barnet,
En la plache l'en portent droit enmi la chitet,
Puis font nonchier au peule et dire par vretet
Que il ont dou saint home le digne cors trovet.
Quant oient la parole chil qui sont tant penet
De querre le saint home travilliet et lasset,
Lor mains tendent au chiel, si ont Dieu merchiet.
Tot le keurent vëoir, car mout l'ont desiret;
Tant i akeurent gent de par la grant chitet
Que mout fu grans la presse quant furent assanblet.
Nus hom n'aproisme au cors de si grant enfertet
Qu'aparmain ne l'ait Dieus et garit et sanet.
Assés i sont le jor aveule ralumet
Et contrait redrechiet, ydrope desenflet;
Li sourt i ont oït et li muel parlet,
De maint cors d'ome i sont li dïable getet,
Tote ont le jor perdue iluec lor poëstet.
Quant li sains apostoiles conut la dignitet,
Arcades et Honores li doi roi coronet
Dou saint home dont Dieus a le mont alumet,
De pitiet et de joie en ont des ieus ploret,
Lor mains tendent au chiel, si ont Dieu merchiet
Des mervelles qu'il voient et hautement loet
Et grans graches rendues et parfont enclinet.

LVI.

Quant voit li apostoiles les malades saner
Et li emperëor qui Rome ont a garder
Contrais salir de joie, aveules ralumer
Et les ardans destaindre, ydrope desenfler
Por le merite au saint, et les muiaus parler,

---

* Fol. 132d.

1089 cainc mais ne fist tel peine ne mere son e. P. —
1094 iert ior mais teil irt (sic) ma O. — 1097 Or puise
mais P; — or puis iamais O. — 1098 Car ne serai ior mais
d. s. olz engardeie O. — 1100 est la g. O; — cors
renouelee P. — 1101 serat defineie O. — 1102 Amis
or est la triste uenue a icel ior O. — 1103 ma uie
iert turneie en tristor O. — 1105 fehlt in P; — cant
part s. O. — 1106 mais ma uie et O. — 1108 fehlt
in P. — 1109 mais la glore del secle ne l. O. —
1111 fehlt in P. — 1114 ke cil f. O. — 1116 cant ot
tot e. O. —

* Fol. 132a.

Statt 1120, 1121 und 1122 hat O: Dun blanc samit
a or estroit enuolepeit (vgl. den Anfang von 1122 und
den Schluss von 1120). — 1123 fehlt in O. — 1124
droit parmi la O. — 1125 nonchier fehlt in P. —
1126 ont le s. P; — ke il ont lo saint cors del saint
h. t. O. — 1127 qui tant sunt p. O. — 1128 homa
et uencut et lasseit O; — trauilie et pene P. — 1129
und 1131 fehlen in O. — 1132 Mut par fut granz l.
p. cant il sont a. O. — 1133 naprochet a. O. — 1134
Que par main P. — 1135 Asses i ot le ior aueules
ralumes P. — 1138 cors i sont domès li O. — 1143
et damur O. — 1144 (s. 1129) fehlt in O. — 1145 uoient
ont damridū loeit O. — 1146 grant grace rendues (sic)
P; — p. adoreit O. — 1147 Quant lapostoiles uoit l.
O. — 1150 fehlt in O. — 1151 Por la graze al saint
home et O. —

Dieu commenchent de joie hautement a loer
A lor cols le leverent sel prisent a porter
Par grant humilitet et por lui honorer,
Et qu'il lor fache a Dieu lor peciés pardoner.
Mais tant est grans la presse, nus hom n'i puet aler:
Qui la vëist la gent de partot assanbler,
Acorir par ches rues et au cors arester
Et la biere baisier qui tant i puet presser
Qu'il i puist aprocier ne ses mains adeser,
La peüst on mervelles de ses ieus regarder.
Li emperëor voient le grant peule assanbler
Et a la gent menue si grant presse mener,
Lor tresoriers commandent deniers a aporter
Et argent et monoies et besans d'outre mer;
Par les rues les font apres lor dos geter,
Par les deniers se cuident dou peule delivrer,
Mais noient ne lor vaut quanqu'il i font geter,
Car por l'avoir ne vuelent povre gent retorner.

LVII.

Tant par fu grans la presse et li bruis de la gent
Qu'on lor fait par ches rues geter or et argent
Por la presse partir, mais ne lor vaut noient,
Que tant par sont trestuit vers le saint cors entent,
Ne proisent nule rien trestot l'or d'orïent.
Chil se tient mout a rice qui a ses mains le sent;
Ne qui puet a sa bouce tocier son vestement,
A paine et a dolor, a mervilleus torment.
Parvinrent au mostier la u li cuers lor tent,
Droit a saint Bonefache u gisent si parent
Le voront enfoïr se Dieus le lor consent.

LVIII.

Quant ont poset le cors dou saint home el mostier,
A grant paine font traire le peule un poi arier,

Les clers aler avaut et au cors aprocier.
Li apostoiles fait l'obseque commenchier;
Quant l'entendent li clerc ne se font pas proiier, 1185
Cantent ymnes, lechons, por Dieu a grachiicr
Vers et respons et preces et trestot lor sautier
Que en set jors tos plains ne font autre mestier.
La vëissiés le peule en mout grant desirier
Devant le cors orer et la biere baisier, 1190
Ches dras terdre a lor ieus qui s'en puet aaisier!
Or a cascuns laisor qu'il s'en puet satiier;
Assés i a grant gent cachiet mout au gaitier,
La li mostra bien Dieus qu'il l'avoit forment cier
As malades saner, as contrais redrechier. 1195
Un sepulcre mout rice fisent aparillier
Li doi emperëor et mout bien entaillier
De pieres prechieuses et d'or kuit favrekier
Et tot d'euvre grigoise soutivment entaillier;
Puis si fisent le cors au saint home coucier. 1200
La vëissiés le jor serviche mout plenier,
Tant candelabre d'or et tant bon enchensier,
Tantes crois d'or et casses qui mout font a proisier,
On n'i veut pas l'enchens ne le mirre espargnier,
Le jor en i ont ars assés plus d'un sestier. 1205

LIX.

Quant orent le saint cors el sepulcre poset,
De rices dras de soie bellement aornet,
De grans bendias d'orfrois honestement bendet,
Et le sepulcre clos et par tot saëlet,
Ne s'en erent encore li Romain retornet. 1210
Dont lor saut une odors de si grant dignitet,
Qu'onques n'ot tele espeche ne nule flors de pret,
Ne nule herbe dou mont dont on ait poëstet
Ainc n'ot si bone odor en la crestïentet,
Car il i sont le jor malade maint sanet. 1215

LX.

Quant voient li Romain le don au creator
Qui tant lor fait de bien et de joie et d'onor,

* Fol. 133^b.

1152 fehlt in O. — 1153 Alor le leuerent P. —
1155 Por kes l. O. — 1156 ni put a. O. — 1157 ueist
lo pople d. O. — 1160 Quil i puet aprochier ne alui
a. O. — 1161 Del desier poust grant meruelles ensgardeir
O. — 1162 Quant lemperor noient si grant pople aiosteir
O. — 1164 Son tresorier cõmandet d. O. — 1165
monoie (sing.) O. — 1166 Par la rue lur fait derrier
lor O. — 1167 Par ce soi quide d. O. — Für 1168 und
1169 hat O: Mais riens ne li esploite nus ni uult
returner (in einer Laisse auf eir). — 1170 Mult p.
O. — 1171 Om lor fait par ces places espandre O. —
1173 Car t. p. s. t. uers lo cors si entent O. —
1174 Ne presisent (und durchstrichenes) .d. por tot lor
P. — 1175 a sa main O. — 1177 A meruilhos traual
a paine et a t. O. — 1179 Del cors saint B. O. —
1180 uoldront seuelir si O; — le fehlt in P. —

1183 cors aproismier P. — 1184 Les oxekus
commande li pape a c. O. — 1185 fehlt in O; — pas
fehlt in P. — 1186 Cantent psalmes lezons por O. —
1187 Uers et lezons et preces et O. — 1189 Donc u.
l. p. a mut O. — 1191 Ses d. t. a ses olz qui O. —
1192 puet aaisier P; — or at cascuns lascor (sic)
quil O. — 1193 u. 1194 feblen in P. — 1200 Puis i
fistrent lo cors del s. O. — 1203 Tant croiz et chasses
dor q. O. — 1208 granz nales (sic) dorfroit O. — 1209
partot bien sere P. — 1210 li R. tot turneit O. —
1211 Lors lor O. — 1212 konkes nule espece ne. n. f.
desteit O. — 1213 nule riens en m. O. — 1214 fehlt
in O. — 1215 Par celi sunt lo ior maint malade s. O. —
1216 li R. la dõne a. O. — 1217 ioie et damur O. —

Car paradis lor euvre et lait sentir l'odor
* Et sane les malades et gete de languor,
1220 Les' aveules ralume, les contrais rent valor
Por le merite au saint qui conquise a s'amor,
Tuit en rendent merchit et grache au redemptor
Et aeurent de cuer Jesum lor salvëor
Qui si lor a muee en joie lor tristor.
1225 Or proions Damredieu le nostre creator
Que, s'il por nos peciés a envers nos iror
Dont nos soions cëu es mains au souduitor,
Que il par la proiiere a chest bon confessor
Nos maint a sa lumiere et ost de tenebror,
1230 Vers nos demete s'ire et nos rende s'amor.
Signor, de che saint home faisons nos mirëor!

Oït avés sa vïe con vesquit sans error,
Bien guerpit de chest siecle et la joie et l'onor;
Povres i fu por Dieu n'i ot cure d'onor,
1235 Par bien faire a aquis la grant joie angelor.

---

* Fol. 135ᶜ·
1218 ke p. l. ueuret et fait s. O. — 1221 Par l. m.
a. s. q. c. at lonor O. — 1223 lor redemptor P; —
del cuer O. — 1224 kissi lor O. — 1225 bis 1254 fehlen
in O. —

Prenons a lui exemple, si serons mout millor,
Ensi serons delivres dou mal engignëor,
Si en irons a Dieu tot sans nule paor.
Signor, contre dïable soions fort en estor,
Proions saint Alexis tot a une clamor
Et tos les sains dou chiel, qui en grant resplendor
Vivent sans fin en joie avec lor creator,
Que il proient por nos a Dieu nostre signor
Qu'il nos doinst en chel siecle a faire tel labor
En juner, en orer, en larmes et en plor,
Que, quant il nos venra jugier au derain jor,
Et seront devant lui et juste et pecëor
Et trankleront li angle et aront grant paor
Apostoile et martir, juges et confessor,
Que nos soions si digne qu'avoir puissons s'amor,
Et que en paradis nos doinst corone et flor.
Amen dites trestuit, li grant et li menor
Que Dieus le nós otroit par la soie douchor!
Or est dite la vïe d'un glorieus signor.

Amen!

1236 se serons. — 1241 ciel mᵇlt qui. — 1244 a
fehlt. — 1247 et juste p. —

Orthographische Varianten

von P, soweit sie nicht aus den Lesarten ersichtlich sind, sprachliche und orthographische Varianten
aus O für die in den Text aufgenommenen Zeilen oder Wörter.

(Die Varianten von O stehen in Klammern.)

Ueberschrift: alexit. — 1 escoter. — 3 capres; morte; celeste. — 4 cil beur soufri; del (mit Ausnahme von v. 987, wo die Hs. dou hat, u. von v. 168, wo in der Hs. du steht, hat der Schreiber von P stets del statt der im Texte stehenden Form dou). — 5 pourete. — 6 ce; ciel (so an allen Stellen der Hs.) — 7 diex (ich notire diese Variante nicht weiter; nur wo in der Hs. dex steht, wird es noch besonders verzeichnet); done; kil. — 9 celui; soufri — 10 degerpi; segnorie. — 11 kil. — 12 Ce; fali. — 13 al. — 15 tans. — 16 oyle ki. — 18 esclarcie. — 19 deu cains. — 20 loiates. — 21 tans. — 22 uirginite. — 23 espeuse. — 25 puit; cil; deu. — 26 le sires. — 27 segnorie; haut parēte. — 28 gentius; pares; ricete. — 29 troue. — 30 case. — 31 centres; ·I·; pourete. — 33 cainture. — 34 cist; uerite. — 35 humilite. — 36 cite. — 37 prince; priue. — 38 dignite. — 39 espeuse; bele; nete. — 40 deu uolente. — 41 foi; loiate. — 42 destine. — 43 sires; erite. — 44 linage; nobilite. — 45 m·lt (so durchweg in der Hs.; ich verzeichne diese Variante nicht weiter); contriste. — 46 merci; despere. — (47 sterilite). — 48 dex; ·I·; ae. — 49 linages; parle. — 50 sene. — 51 out. — 52 dagna; saue. — 53 Elysabeth; barbe. — (54 ki; demore). — 55 chrestiente. — 56 selon; batesme; (renoue). — 57 autre; dex. — 58 ceus kil; gre. — 59 seruice; use. — 60 uolente. — 61 saint esperance; conforte. — 62 entalente. — 63 grant amosnes; oublie. — 64 a glises et a p. ; largete. — 65 aseure. — 66 ahane. — 67 uilier; pene. — 68 descoulouro. — 69 refuses. — 70 seruice; uerite. — 71 priere; done. — 72 raconte. — 73 kil; ne. — 74 fieue. — 75 tendi al; plore. — 76 mercie; deite. — 77 seruice; deiete. — 78 ·I·; liste. — 79 a most.; presente. — 80 consecre. — 81 conferme. — 83 foi aquite. — 84 honeste. — 85 saint; alume. — 86 escole. — 87 a seruice; pense. — 88 (cōmencet); eure. — 89 erre. — 90 quil. — 92 a esc. — 94 cou; mie; miex (so stets; ich verzeichne diese Variante nicht weiter); sace. — 95 tans. — 96 cou. — 97 sacrefise. — 99 grant. —

100 quanke. — 102 orgilir. — 104 pense; uet. — 105 corecier. — 106 uet; gerpir. — 107 caste; (toz). — 108 esperance. — 110 cot pase ·X·. — 111 despartoit. — 114 uet. — 117 biate; bonte. — 120 pui. — 123 pase; ·I·. — 124 couche. — 125 urai. — 127 cou. — 128 ancessor. — 130 cel. — 131 besisor. — 132 linage; douce. — (134 afichiet son penseir) — 136 alexi. — 138 uel. — 139 laise. — 140 na; commence. — 141 ce. — 144 pucelle (so stets in der Hs. ausser 449, wo pucele steht); loier. — 145 con i uet. — 146 ·I· de ceus. — 147 sociel. — 149 asisent ·I·; ce plat. — 150 linage; asambler. — 152 ces. — 154 orgener. — 155 Boneface. — (156 aiosteir). — 157 loiament. — 158 ·C· cierges. — 161 fali; quanke. — 162 receu. — 163 ases. — 165 noces commencier. — 166 leue; ch·ier. — 168 du. — 169 alexin; couchier. — 170 uirgine; face. — 171 proier. — 173 chier. — 174 amosnier. — 176 qui le; descaucier. — 177 uet; hons. — 178 ceus; fit. — 183 espeses; oudor enforcier. — 184 coraige; esh·tier. — 187 uirgine — 188 forceur. — 189 acier. — 191 alexins. — 192 uet. — 193 na. — 194 couche; ꝯmēce; huchier. — 198 saint.

200 uet; delaier. — 203 co. — 204 ensient. — 207 cil treuue. — 211 sires. — 213 alexins. — 215 naura. — 216 g·pira. — 217 sasist sor ·I·. — 218 chies; cainture; trenche. — 220 trenche. — 221 ·I·. — 222 receues. — 223 cainture. — 224 doinst. — 230 oingnōs. — 231 fauoiment. — 233 deceuables. — 234 deceuables; cis. — 237 cil; si aise. — 240 bele. — 241 uises; cest; ayes. — 242 loiament. — 244 espeus celeste. — 245 sauer; dex. — 247 pechie; garise. — 248 a iug. — 251 qnke. — 252 caste. — 253 bias. — 257 seent. — 258 cele; cil. — 259 bers; alexins. — 261 cou. — 269 espeuse. — 270 bele. — 271 cis; mauais. — 272 ce. — 275 aures. — 276 uirgines. — 277 cele. — 279 ce; saint alexins donkes. — 280 ce. — 283 espeuse. — 285 bele ce; celer; trestout. — 290 sauer. — 292 cel. — 294 cope. — 295 bele; moitie; uel; — 296 cel. —

300 ceste. — 302 con. — 303 iceste; alexins. — 305 cele. — 307 hons. — 308 ueisies. — 310 awan. — 312 ua; uet. — 313 seut. ⇋ 315 uet. — 316 alexins. — 318 a p. — 320 syre. — 321 cal; entre. — 325 saint. — 326 Landise. — 328 trespase; syre. — 329 ua. — 330 canpangne; hrohais. — 331 ymage (so stets in der Hs.); grant. — 332 alexin; entre. — 333 atrorite. — 335 ancisor. — 336 carnement; engenre. — 337 le fix; ·I·; cite. — 338 dignite. — 339 troue. - 340 le saint hom; aoure. — 341 mostre. — 342 uolente. — 343 icil; penses (sic). — 344 desciples; conferme. — 345 uet; suiier; uerite. — 346 richoise; poeste. — 347 pourete. — 349 done; benignite. — (350 ke loregne del ciel lur at abandoneit). — 352 souspire. — 353 aporte. — 354 ē9bres (sic). — 355 cangie; desborse. — 356 done; largete. — 357 (durchstrichenes) .d. monae. — 358 gre. — 359 aseure. — 360 uera; hons; cangie; mue. — 361 diemche; ordene. — 362 humilite. - 363 uilier; pene. — 364 descouloure. — 365 ae. — 366 seriant priue. — (367 fresci que; laurat dē coroneit.) — 368 alexins. — 370 cite. — 371 kil; urete. — 374 oent. — 376 desci. — 378 noēt — 380 chier. — 381 monde; cerchier. — 383 cil. — 384 uelent. — 386 ·I·. — 388 aprochier. — 389 trast. — 391 coinoistre. — 392 char. — 393 uilier. — 397 amosne; asmosnier. — 398 receue. —

400 cou cas cers. — 401 (beaz sires); trinite. — 402 unite. — 403 saue. — 404 racine; bonte. — 406 grasses; pense. — 406 cou; onure. — 407 a sers; erite. — 408 amosniers; gre. — 409 ce; ames (sic). — (410 soi retrast arriere sait lo chief inclineit). — 411 ua; cite. 412 amosne; prier; carite. — 413 ranise. — 414 tere; demande. — 415 depane. — 416 abosme. — 417 irie; troue. — 418 torne. — 419 repairie; lase. — 420 segnor; ale. — 421 cercie; en le. — 422 dechi ken babyloiene; defae. — 423 kil; leue. — 424 poeste. — 425 despere. — 426 co; uerite. — 427 ire. — 428 caitis dolans et maleures. — 429 a p. mesle. — 430 biax; dam⁵dieu; roi; maieste. — 431 done. — 432 dolante; cnble. — 433 depane. — 434 esceuele. — 435 deseure. — 436 biate. — 437 lui; honeste. — 438 biax fix (so stets in der Hs.); ce. — (442 acehmeiz; chambre pareie). — 443 plorai. — (444 esperance ke dē). — 445 a anoi (?) — 448 conques. — 450 mari; clame. 451 cri. — 452 a pere; nori. — 453 espcuse; miz (?) en obli. — 454 caīt; respi. — 455 tapi. — 456 paille; cendal; sami. — 458 cendre; establi. — 459 en ·I·. — 461 espeuse; gari. — 463 mari. — (463—467 ke iamais companie naurat daltre marit ‖ anz ratendra celui dont at lo cuer marrit ‖ en la cambre demaine la u derrains lo uit ‖ fresci quele saurat sil est mors u il uit). — 467 le uiex. — 468 cont. — 469 enspeuse. — 470 chier. — 471 celui; (cum nel). — 472 huchier. — 473 biax (so stets, nur 253 bias). — (475 lo plus dulz sanior et lo). — 477 aparilier. — 478 icon. — 482 trauilier. — 486 mauais; a fel. — 487 al. — 488 paradys celeste. — 489 sires. — 491 oblit. — 492 nouri. — 493 (kainc belizor); ui. — 494 mari. — 495 laisiet (sic) et gerpi. — 496 torne; deli. — 497 peti. — 498 sens; contredi. — 499 capaines. —

500 meri. — 501 alexin. — 502 pelicon. — 503 cendal. — 506 amosnes. — 507 cel. — 509 desiplin. — 511 namontiant pas (und durchstrichenes) .d. — 512 cou. — 517 m⁵chi. — 518 pechie. — 519 cite. — 521 saint alexins. — 522 ·XVII· ans; cainc; fali. — 524 isi. — 526 uet; cclee. — 527 demonstrance; ases. — 529 ·I·. — 530 al. — 532 ·I· main. — 540 sauee. — 542 meruiles. — 543 uet. — 544 ua. — 548 ·I· marbre. — 550 sauer. — 553 cis. — 555 cest cis. — 556 alexins celer. — 557 concil; laise. — 558 commanche. — 559 pitie. — 561 hons; loi. — 562 a sougr.; laise. — (565 Et ke dē a limagene fist por samur parleir). — 567 kerent. — 568 uielart. — 570 alexins. — 572 m⁵chi. — 573 a uil. — 574 cai. — 576 reuet. — 577 ceste. — 578 damrediex; alexins. — 580 a serp. — 581 force; (ice kai). — 582 (deceuz). — 584 en ·I·. — 587 cites. — 588 (cainc nel gehit). — 589 (uielb). — 590 ua. — 591 ca Laudisse. — 592 saint alexins a Laudisse. — 593 uet; longemont. — 595 a most. — 597 uet. — 598 ·I· uens.

601 cele. — 602 a port. — 603 hons. — 605 seut. — 606 iex dreca al ciel si commence. — 607 sauer. — 615 sen; hons; uet. — 617 uaisent; ces; pamier. — 619 pladier. — 620 ·C· cheualiers. — 622 hons; commence. — 623 eufemien. — 624 merchi; ce; pamier. — 625 ·I·. — 626 face. — 627 amosne. — 628 alexin. — 629 chier. — 631 uoir; iex. — 632 proier. — 635 sospire. — 636 conques. — 637 ·I· tot. — 638 couchier. — 641 alexin. — 642 lor. — 645 doucement. — 647 cest. — 650 icel; sauer. — 653 masnie. — 655 douc. — 656 segnor. — 657 receu; uet. — 660 alexins. — 662 espeuse. — 663 ases; humilite. — 664 esmeruilier. — 666 riches. — 668 recoinoistre. — 670 sains alexins (deuiseiz). — 671 cou; hons. — 672 uet; sires. — 673 uet. — 675 commendes. — 676 dura. — 678 face. — 679 hons; amosniers. — 680 mollier. — 684 amosnes; maniue. — 685 uiliers. — 686 ce. — 687 aurisiers. — 689 (botilbiers). — 690 ce; grant. — 691 escarnisent. — 692 (por eaz; pauteniers). — 693 pamiers. — 694 con. — 696 dyables; gerriers. — 697 treken; sodoiers. — 698 paradys celeste (so stets beide Wörter in der Hs.). —

700 alexins. — 702 ·XVII· ans. — 703 cainc; uiex. — 707 onkes; seriant; rancune. — 710 receura. — 711 aura. — 712 alexins. — 715 enche; parchemin. — 716 (tate [sic]). — 717 nori. — 722 (frairin). — 723 (cum parlat lymegeno al sogrestain). — 724 (cum; senz). — 725 (repairat). — 726 riche palasin. — 727 ·XVII· ans; cainc. — 730 alexins — 731 escripte. — 734 (per; endureie). — 735 uilier; enstragne. — 737 uet; celee. — 738 ·I· saint dyeaīche. — 739 asanblee. — 741 (malauicana par deza; entreie). — 742 (sacreie). — 744 cites. — 745 uelies. — 746 cil; trauilies. — 747 seruice. — 749 peule. — 751 apoies. — 752 cruceflies — 753 (penitance); pechies. — 757 respondi. — 758 trestout. — 761 proies. — 762 cite. — 763 cel; abe. — 765 peule; uet. — 766 (cel; soi prist a trauilhier). — 767 cite; cercier. — 768 ken ·IIII· — 770 uet. — 772 a iosdi; reuirent; a mostier. — 773 agenollier. — 774 basier. — 775 (ot larmes et ot plors); proier. — 777 respondi. — 779 ·I· sien. — 782 (uunt; estoir). — 784 doucemont; uellent. — 787 home; ·IIII· iors laser. — 788 celer. — 792 sauer. — 793 pechies. — 796 quankil. — 797 onkes; oi. — 798 uellent; celer. — 799 g⁵se; pusent trouer. —

801 archadys et honeres (archadiz et honoriz). — 802 icel. — 803 doucement. — 804 kil uoit. —
805 cel; quere. — 807 uellent prier. — 808 (kil lur proiet mercit a dū lo). — 809 uaisent. — 812 riche. —
813 dosaus. — 814 seriant. — 816 cendaus. — 818 cases. — 821 encensiers. — 823 con; inocent. —
824 uet receuoir. — 826 belement; doucement. — 827 cele. — 828 cel; escient. — 830 cil. — 831 cains; oi. —
832 sospire. — 833 esmaies; lo cuer. — 834 cel; ont (sic) asentement. — 835 iex dreca al ciel. — 836 sospire. —
838 acun. — 839 longement. — 840 iex. — 841 (aurat lo; couresoz et dolant). — 842 al; espeuse. — 843
dementrueus; uiex. — 844 cel; quere. — 845 seriant. — 847 eufemien. — 848 cel. — 850 ·XVII· ans. — 851
cades; aidie. — 852 onkes; oi. — 853 uilier. — 854 cesser. — 855 satiers. — 856 nonkes. — 857 patonier. —
858 cainc le ueise. — 862 hons char. — 863 humilite; hons. — 864 uel. — 865 abe. — 866 parchemin
quere et enche. — 867 (fresci kal en uespreie). — 868 uet. — 869 ains. — 870 ues. — 871 urete. —
874 degre. — 875 apele. — 876 doucement; (cil). — 877 treue deuie. — 878 chiere; clarte. — 879 este. —
880 lor sapercoit; sires; seurte. — 881 cestoit; hons; (ot parleit). — 882 pitie; iex plore. — 883 couche; aeure. —
884 merchie; trinite. — 886 uet recoiure a saint; poeste. — 887 commande. — 888 liste. — 889 deuise. —
890 iex; mostre. — 891 seriant; garde. — 892 bonte. — 893 ·XVII· ans; proue. — 894 a sergant; conte. —
895 face; dignite. — 896 troue. — 897 (loent del; sunt; leueit). — 898 inocens; abe. — 899 auale.

900 gui; degre. — 901 al; troue. — 902 corone. — 903 trestorne. — 904 ordene. — 905 inocent. —
907 humilite; passient. — 908 archadis. — 909 couce; pleeure. — 910 ensient. — 911 proiere. — 912
pecheor. — 913 cil. — 914 cest. — 917 chartre. — 919 inocens. — 920 al; grase. — 922 receue. — 923
rendi; ·I· — 924 a m. cancelier. — 925 Essio. — 927 douc. — 929 Essio. — 930 hons. — 931 ·I· mot. —
932 cest. — 933 fix (statt fius vezeichne ich nicht weiter). — 934 fui; pase. — 935 degerpi. — 936 jh'u
crist. — 938 cai. — 939 ausi; cendre; enpali. — 940 redrece. — 941 maleuuireus. — 945 aincois. —
948 martire. — 949 hons. — 952 mainne. — 955 uet laisier. — 957 alexin. — 959 souffrir. — 960 cas. —
961 cains. — 964 espeuse. — 965 und 967 ce. — 969 iex. — 971 kencor. — 972 ce. — 975 acun; longe. —
980 ounor; force; poisanche. — 981 caus. — 983 iesir; celui: sanblance. — 984 este; effraanche. — 985 mon
(sic) cercie. — 986 demorance. — 988 uoroi. — 990 nori. — 991 esmanche. — 997 sauage. — 999 maiselle. —

1001 honeste. — 1002 kest illuec. — 1004 uera. — 1006 elle. — 1007 cendre. — 1009 aquant. — 1013
alexin. — 1014 celee. — 1016 este. — 1017 pamiers — 1026 ce. — 1027 tendance; cest. — 1028 uoroi. — 1029
mos. — 1031 ce; longe. — 1032 ueu. — 1033 espeuse. — 1034 uiax. — 1035 asente. — 1037 souffrir; hons. —
1039 espeuse. — 1040 cainc. — 1041 ·I· si; fuise. — 1048 morai. — 1050 ce; (poois); sofrir. — 1053 laidier. —
1059 alex^s; — 1060 iceste racordanche — cruate. — 1042 ·C· ans ·XX· u. ·XL· — 1044 ice; ocist. —
1045 done. — 1046 pamier. — 1047 kainc; fuise. — 1061 cis; teske. — 1062 ke. — 1066 alexins. — 1069
castoyer. — 1070 (Zastoit). — 1071 lase; uet. — 1077 duscal. — 1078 place. — 1079 espeuse al. — 1080
conisant. — 1081 neuete de lui. — 1082 a liu. — 1083 enbracant. — 1084 ·I· duel. — 1085 renbrace;
ahte. — 1088 hons. — 1090 ce; espeuse. — 1091 longe. — 1093 cuidoi. — 1094 ce. — 1095 cis; esposee. —
1097 puise. — 1098 iex. — 1099 bouche. —

1100 (renoueie). — 1102 ce; espeuse. — 1103 mue. — 1104 toterele. — 1105 (qui naurat mes pareil cant
part [sic] sa prime amur). — 1108 (purpre; ditei colur). — 1110 uesture. — 1111 (ja daltre companie ne moi
doinst dū ualur). — 1112 atre. — 1113 lou d. — 1114 cil. — 1115 ·I·g seul; aorne. — 1116 inocens;
cou; escoute. — 1117 esgarde. — 1118 ·I· uasel; aorne. — 1119 a saint; pose. — 1120 riches; enuolepe. —
1122 ·I· blant (sic); gete. — 1123 barne. — 1124 place; cite. — 1125 (nuncier); a peule; urete. —
1126 troue. — 1127 cil; pene. — 1128 quere (s. für O die Lesart). — 1129 a ciel; mercie. — 1130
desire. — 1131 cite. — 1132 asanble. — 1133 hons; a cors; enferte. — 1134 garir (sic) et sane. —
1136 redrechies; desenfle. — 1137 oi; parle. — 1138 li diable iete. — 1139 illuec; poeste. — 1140 dignite. —
1141 haradis et honeres; corone. — 1142 alume. — 1143 pitie; iex plore. — 1144 lors mains; a ciel;
mercie. — 1145 loe. — 1146 (granz grazes); encline. — 1151 al saint. — 1152 commencent. — 1154
humilite. — 1155 face; pechies. — 1156 hons. — 1157 asanler. — 1158 ces; a cors. — 1160 aprochier. —
1161 iex. — 1162 asanler. — 1164 und 1167 (durchstrichenes) .d. — 1168 nient; quankil i font iter (sic). —
1169 uellent. — 1171 ces; ieter. — 1175 cil. — 1176 tocher. — 1177 meruillous. — 1178 a mostier. —
1181 pose. — 1182 ·I· poi. — 1183 al cors. — 1184 commencier. — 1185 proier. — 1186 lecons; ag^ssyer. —
1187 satier. — 1188 en ·VII· — 1189 ueisies. — 1191 ces; iex; asier. — 1193 (asseiz i at grant gent casche
(sic) mut al guaitier). — 1194 (mostrat; chier). — 1195 redrecier. — 1196 riche. — 1197 precieuses; faure-
chier (O hat faurigier). — 1198 tot deure. —

1200 al; couchier. — 1201 ueisies. — 1202 encensier. — 1204 uet; encens. — 1206 pose. — 1207 riches;
aorne. — 1208 bende. — 1209 (saeleit.) — 1210 retorne. — 1211 dignite. — 1212 conques; espese; pre. —
1214 crestiente. — 1215 sane. — 1216 und 1221 al. — 1222 merchi grase al. — 1223 jhesum. — 1226
pechies. — 1227 cau; a soud. — priere; cest. — 1231 ce. — 1232 oi; uesqui. — 1233 gerpi; cest. —
1239 dyable. — 1240 alexin. — 1244 cel. — 1246 a derain. — 1247 pecheor. — 1248 auront. — 1250
caudr puisons. — 1252 trestut. — 1253 docour. — 1254 signour. —